旅行之書

愛情的長途旅行裡，他不是唯一的同行旅人……

許常德

溫柔以對的力量

　　每一封來信都是紮實的人生經歷換來的，我讀了。謝謝來信者讓我深度閱讀人生陰暗處的真實，並有機會去幫他找條出路，這不僅是得到，還附上了考題，著實是完整的學習，有收穫、有付出……真不是感謝就夠的。

　　每一封回信，累積多了，也讓我慢慢從中體會了溫柔以對的力量，讓我明白最純潔的心情是不會用對錯看的，因為對錯只會挑起人的怨恨心，溫柔才能讓自己推離怨恨。

　　溫柔，不是凡事妥協或認命；溫柔，是心平氣和的看人生演變。不管這個變化是怎麼來的，或好或壞的，或委屈或奇蹟，都一再提醒你，這變化都有你史上的一分力氣，多寡都一樣，人生是共扛的。

　　這些信件來往，有天，也許會停止，但也會變成另一種方式持續……比如我發現很多臉友和我一樣在回信，這個轉折讓我驚喜，因為可以分擔我許多責任，不要只是聽我講。

　　有人寫了上百封信，但我卻沒回半封。這讓我也很放心，表示他有個讓他能持續寫信的去處，這比我回信還更有意義。真正該收信的是自己，真正該回信的也是自己。

　　回信的人，有天終會消失的，這很好，免除人無止境的依賴。依賴是很任性的低檔的愛，只會養成不如願會焦慮難受的習慣。寄信的人最起碼的禮貌，就是不要求一定會收到回信，沒這個體諒，不配收到回信。

　　沒有地址的來信，不只他一人看到的回信，這個隱藏和公開都成就了這個區域的尊嚴與包容。這四本書，希望只是個開始，如果可以，盼永遠繼續，並鼓勵擁有此書的人，看完後，再轉贈他人。

　　感謝，這些年來，我們的集體合作。

序

他不是唯一的同行旅人

　　一開始我們就背叛了旅行。

　　背叛了旅行的隨遇而安，背叛了旅程有很多風景，背叛了知足，背叛了時間，背叛了愛。

　　就像追求長生不老的人一樣，一樣荒誕。

　　處處可見的荒誕，大家不是視而不見，而是，認命的接受這麼荒誕的結果。

　　也就是，不如願，也沒關係；若被悽慘害死，也只能認命。

　　我們都知道，生命是有限的；我們也知道，愛情的熱度也是有限的。如何從有限裡去尋永遠，這個願望並非不能實現，但一定不是空洞的等待。

　　在心裡，默默的許下一個永遠的心願，甚至想：對方也是這麼想，於是連問都沒問，兩人就攜手走上永遠的愛的旅程……大多數的人都是這樣吧？

　　都沒有人有異議嗎？對於這麼草率的愛的協議，對於這麼複雜又這麼容易有疙瘩的關係，對於萬一有人半途要離開而該想的分手的條件，對於責任的分

配⋯⋯真的,什麼都不想,只是更顯露躲避及恐懼的心態,大家都爭相當童話故事《國王的新衣》裡的國王,為了躲避真相,不敢想所有可能發生的問題,卻敢盼望永遠的幸福並立刻啟程。

明明都知道人人能扛起的婚姻與愛情的擔子的能力不同,但大多數的人都會硬扛起所有擔子與麻煩。如此不合理的對照,誰在抗議?難道默聲不說,對婚姻與愛情比較好?還是再不改善,婚姻和愛情就會毀在這一群冷漠的人的手裡?

人啊,來到這一生,真的只能當旅客。你想去哪裡,你想留在哪裡,都只能是一段時間。時間是最公平的路,即使你逃避或賴皮,你都破壞不了這公平。

所謂的永遠,也許就是不捨。把不知足,改成追求永遠的執著,就會騙過自己,瞞過別人。

妙的是,這些追尋永遠的執著都是空話,大多數都是空等待,只要對方給不了,你也只能青天霹靂的莫可奈何,或是爆炸後決裂。原來,大家追求的永遠的

幸福只是一股熱情，後來都是拿道德和法律來督促自己的良心，難怪離婚率越來越高，因為大家會漸漸明白，這個自欺欺人的態度到最後會引來許多複雜的病態，不甘心加上不死心加上面子問題加上長期累積的恩怨……

　　旅行者，行李能輕便是有利於移動的。

　　旅行，能獨立是更能一起旅行的。

　　如果你打算和他來一趟一生的旅行，如果這麼長的緣分都會讓你緊張兮兮的怕被掠奪，那麼這個怕很可能是真正的大問題，因為你在旅程裡大都是不安的。怕的原因有三：

1. 明知很困難卻很想掌握所帶來的貪心害怕。
2. 因為沒準備卻想僥倖過關的害怕。
3. 暗暗擔心對方不忠於是，這趟旅程都無法輕鬆相信的害怕。

　　不要怕！你不要把他當作太重要的人，他不是唯一的同行旅人。更不要讓他變成比你重要的人，他跟其他人是一樣的，都會死，都有他獨立的人生，都不必為了你而活，都要有尊重的距離。

　　不要那些特定的身分和頭銜，人與人之間的長途同

行，才可能永遠，而且是每回回想都是那麼幸福的永遠。

目錄

岔路迷途

轉身獨旅

攜手啟程

我們都知道，生命是有限的；我們也知道，愛情的熱度也是有限的。

如何從有限裡去尋永遠，這個願望並非不能實現……

我是男生，我喜歡的是男生……

——

問

　　我是明天即將邁入十七歲的學生。我不喜歡看電視，不喜歡玩電腦。近年來，我總是一個人旅行，為的是讓自己的孤單找到歸屬……我總在找尋些什麼。

　　談過幾次戀愛？仔細想想，三次。我一個人做任何事情。

　　最近覺得越來越難耐，難耐的是寂寞，難耐的是面對工作的疲憊。臺北這座城市，大街小巷都可以找到我的影子，亦或者是悲傷的感覺。我不知道怎麼了，我不快樂。

　　追隨著別人的幸福，追隨著別人的影子。我踏上旅途，我開始逃避一些事。愛強求不來，也沒辦法委屈求全。我渴望的自始至終都是一個能夠懂我的人，能夠聽懂我說的話，能夠和我一起旅行的人。愛一個人。

　　我從來都沒有放棄愛，甚至我做了許多努力。但每每看著自己努力的背影，越是發現自己的不足。我可能會轉學離開臺北，離開這個令人傷心，卻又令人眷

戀的城市。我認為美好，但太過於寂寞。令人不捨。

　　說實話，我捨不得。捨不得的是青春，捨不得的是回憶。我不知道怎麼做是對的，但又沒有絕對的對或錯、好或不好。我迷惘。

　　我是男生，我喜歡的是男生……

一

回

　　十七歲！我寫過一首歌叫〈十七歲〉，伊能靜唱的，臺語詞。那時寫的想法就覺得十七歲是青春最代表性的年紀，好像跨過了十七歲，就跨進了寂寞與哀愁的城市。不懂的，都透過殘酷的愛情懂了一些。

　　你開始收集捨不得，也被迫學習捨得。你的諸多疑問都是你敏感的靈魂在創作，你從自問自答裡尋找出路。也許有一天你會擺脫這些傷感的夢幻，那些情人或是那些情分，那些你未放棄的愛，混合起來就是你的不可能的幸福。

　　是的。一切因不可能才得到幸福。

　　在感情上，你相當老派。你渴望的自始至終都是一個能夠懂你的人，怎麼懂？懂了又怎麼樣？別忘了十七歲的你每天都在劇變，都在成長，都在迷惘。沒

有自始至終這件事，那都是貪心不足又不顧現實的人給自己誇下的海口，能懂你一時就很不容易了，還要自始至終？是要像肚子裡的蛔蟲嗎？

　　也許有人會覺得你太早熟，但我認為你是太早進江湖，太早嘗到血腥，太早經歷心願粉碎。雖然你力求瀟灑，但結果總是尷尬，一團亂，這就是青春的本色。我猜。

　　祝你十七歲生日快樂！還有，也謝謝你把〈致青春〉的一封信寄給我。

因為愛，我來了！

一

問

　　我是陸配。我和我先生是在相愛的情況下結合，並且嫁來臺灣。我是生長在大陸沿海大城市的女生，從小看臺灣電視長大，而且完全沒有大陸人說話的腔調，所以在臺灣，如果我不說，沒有人聽得出、看得出我是大陸人。也許因為特殊的歷史，也許因為政治，因此很多臺灣人討厭大陸人，即使大部分的大陸人什麼壞事也沒做。也許因為自卑，所以我不會主動說我是大陸人。

　　從小到大，家人給我良好的生活環境和教育，從五歲開始就讓我學鋼琴和古箏，從沒讓我吃過苦，三餐也都很講究的過著日子。當時和先生在一起的時候，家人都不願意讓我過來臺灣，因為多少聽說過，大陸人在這裡會受到歧視，也很難找工作之類的話。可是，因為愛，我來了。

　　先生的家庭和我的家庭，真的差很多。他們家雖然在臺北，可是很窮；我的家人、我的親戚們相處和樂

融融，逢年過節都會聚餐聊天，可是他們的家庭都各顧各的。雖然我先生有七個兄弟姐妹，但都很少往來。我體諒先生的家境，所以我嫁過來，聘禮什麼的，我都沒有要求，就是大陸說的「裸婚」。

可是，在臺灣，如果有人知道我是陸配，第一句就會問我：「妳老公用多少錢娶妳過來？」每次聽到這句話，我心裡就很難過、很生氣。先生的一位哥哥是檢察官，知道我是大陸人，在我過來臺灣的第一天，甚至一句話也不跟我說，招呼也不打，臉色非常難看。我忍，因為我愛我先生。

另一位哥哥看了我從大陸帶來的土特產，直接問我：「大陸都是黑心食品，妳帶這些來害我們嗎？」當時我真的好難過，那些土特產都是我父母千挑萬選讓我帶過來的。我也忍，因為我愛我先生。這兩年，臺灣出現這麼多黑心食品，我有點幸災樂禍（對不起喔），我覺得，哼，不要再說只有大陸有黑心食品好嗎？

凡此種種，都是我在大陸沒經歷過的。我在我父母和親人的愛和關懷下長大，大陸雖然不民主，其他沒什麼不好。我也不想來臺灣，因為這裡沒有朋友沒有家人，可是我愛我的男人，所以我過來了，並不是像他們說的是來淘金或者什麼。我只是覺得，我愛的人在哪裡，哪裡就是我的家。

　　我的先生對我很好，很愛我，也很努力賺錢，一天
十二小時在太陽下辛苦的工作。因為我的不適應，沒
有朋友和家人可以說話，所以當我老公回來，偶爾還
要承受我的任性與無處發洩的怒氣，但是他依舊愛我
疼我，我很感恩。我是報喜不報憂的人，所以，我很
少和我的家人說起在這裡的不愉快。當時是我執意要
來，我就要承受，而不是讓我的家人去承受我的負面
情緒。可是，當負面情緒累積多的時候，我會轉不過
彎，我會想自殺，我會後悔來臺灣。

　　我當時選擇來臺灣真的錯了嗎？在一個沒有朋友、
家人的地方，為了每天等著先生下班和我說話的那幾
個小時而活著，我的心真的好累⋯⋯

一

回

　　是會累的，當妳不被認可的時候。

　　當妳是美國獨立初期生在美國的黑人，當妳是個同
性戀者，當妳是個異教徒，當妳是個不被社會主流價
值認可的人的時候，妳才會驚覺尊嚴有多重要，而人
性在偏頗的觀念下是多麼殘忍，全世界都一樣。

　　尤其是在婚姻裡，隱藏了許多不為人知的醜陋和壓

力，這些慘狀有的是自找的，有的是環境逼妳要這麼
忍的，有的是運氣不佳遇到了惡親人，有的是制度過
時到弊端叢生了，但既得利益者是不會放棄報復的機
會的。媳婦熬成婆的怒氣才要大力散發，怎能就此太
平呢？可見那股怨氣有多深。

　　我曾經某次開玩笑的假設，如果現在全世界把婚姻
習俗改一下，換成婚後是男方嫁到女方家，我相信許
多男生是會打消結婚念頭或抵死不從的，因為男方知
道馬上要和那麼多高高在上的陌生人生活在一起，有
多難受和多困難。沒有同理心，忽略所帶來的結果，
就會很殘忍。

　　雖然妳的老公很疼妳，但這是兩回事。不是疼，就
能消除不被尊重的骯髒。妳指出的問題是個高度很高
的問題，是超越人性之上的問題，就是婚姻裡的尊嚴，
不重視這個尊嚴，愛就會是個可有可無的裝飾，像中
國人看不起西藏人，像臺灣人看不起原住民，像美國
人看不起墨西哥人，像日本人看不起印度人。這些看
不起都是長期的偏見，讓學歷再高的人依然會泯滅良
知的自以為有理由鄙視他人。

　　把這封信給妳的老公看，或者你們搬到離他們家人
遠一點的地方，眼不見為淨。

　　愛可以少一點，尊嚴一定要有。

無性生活，結婚嗎？

一

問

　　我和我男友交往約四年。到第三年時，他開口說想要以結婚為前提同居。在同居生活裡，我們都過得很開心，他也一直高調宣布我們年底會結婚。

　　可是，我和他其實一直有一個問題沒解開。同居這一年多，剛好遇到我們事業上的大挑戰，每天回到家都快累死了；和雙方分享完一整天發生的事，都已經凌晨一點多了，然後累掛、倒頭就睡。我們幾乎快要是無性生活了。

　　我們討論，我們有說不完的話，我們是心靈伴侶，但，我們如果結婚，一輩子沒有性生活，真的可以嗎？

　　要結婚也不是不行，因為彼此明白遇到心靈伴侶多難得，要好好珍惜。可是，如果真的結婚了，有一天我們其中一人因為生理需求，外遇了、離婚了，不是又害了對方嗎？

　　我們不知道，我們這樣的狀況，該不該結婚？但我們也捨不得分手，心裡很矛盾。

一

回

　　無性，不一定是沒有感情，更何況你們是遇到事業忙碌期。其實，兩人有說不完的話比起做愛更容易有幸福感。工作後身體都那麼累了，還要為了擔心關係穩不穩固去做愛，這樣才比較變態。

　　妳的矛盾是因為妳的觀念出了問題而造成的。如果只是生理需求不滿足，是不會外遇的；是相處上長期不和諧不舒服較容易。可見最容易出事的是精神上的折磨，這精神包括受不受尊重、經濟是否失衡、夠不夠信任和能不能包容，跟性跟愛沒多大關係。

　　性跟愛都是拿來脫離現實的。但現實的基礎不安穩，妳就連性和愛都不在乎了。你們現在能天天談話，是你們在現實裡同心協力一起打拚，這是最幸福的，沒有做愛，就到天堂了。

　　長途的婚姻旅程，責任很多、變數也多，不要給對方和自己過度慎重的期待，就想你們是約好去旅行。重點是一起，至於能不能同步走到終點，會不會半途妳就想放棄了，或者他總是不開心的跟妳在一起，一切的可能，都是妳的人生。不要用力的去設想只有一種結局，那種欺騙自己和強求別人的心態，才是最容

易不幸的。

　放鬆愛，相信命運安排，怎樣的變化都會是風景。

開放式交往關係可以嗎？

——

問

我明白愛容易讓人貪心，貪心了就會想占有；我明白不管有沒有在愛裡，都該保有獨立的能力。因此我練習不要貪、不要占有，我希望自己能放鬆的看待與經營關係，所以想試試所謂的「開放式交往關係」。

我還沒有試過這樣的交往模式，但我在思考這個模式帶來的所有可能。如果雙方像男女朋友一樣互動，但沒有名分；關心，但不干涉對方生活；不談未來，只好好把握當下；平時像朋友，見面像男女朋友；對彼此的喜歡是真的，但彼此也都保有交友空間，不獨占的心態。這樣好嗎？

「開放式交往關係」這個名詞，也許會引來很多批判眼光，但現實中就是存在著這樣的事情，不是每個人都能夠找到走一輩子的對象，不是每個人都奢望每段愛可以長長久久。您覺得呢？

一

回

不開放婚姻的這個不開放是假的，不然那麼嚴重的外遇，是假的嗎？也就是我們傳統的婚姻一直是開放的，只是愛上一個人以後的盲目，會把這扇早就開到海邊去的門，看成關得很緊。

這個門的存在，其實就是不信任對方。不相信他不會亂搞才設的這個門，不相信自己放得下這個人才給自己這樣的欺騙。婚姻哪是開不開放，是沒有心的人根本不在妳那假設的掌控裡，門關了，人不在有什麼意思呢？

想要這麼假的婚姻，妳就要心甘情願相信婚姻給妳的假象，不要有時要被騙，有時又要真相。妳的反反覆覆，其實只是證明妳既膽小又貪心。沒膽子面對真相，又貪完美的獨占。想要干涉對方的生活，是需要有讓對方舒服的能力，否則這個干涉就是爭吵。

想要永遠在一起就必須是真心真情的，否則這個永遠就是不斷痛苦的奢望，妳求的婚姻是妳的貪心的總和，雖然妳知道那些很難獲得，但妳可沒打算放棄。

說白了，獨占就是妳捏死這婚姻的凶手。不要以為愛人才想獨占，事實是恨一個人的時候，更不想放手。

説好只是砲友？

問

前陣子很釋懷的跟外遇的前夫和平離婚了。

現在與一個 R 男有床伴關係四個月了。要開始這段關係時，他說他不想也沒空談感情、我不是他喜歡的型，且互相約定若各自交到男女朋友就結束。

但生理上滿足了，就會往上尋求心靈上的滿足。我知道我越來越喜歡他，但我始終不敢問他對我的感覺。他給我的感覺是忽冷忽熱，而且他仍然繼續在我們認識的交友網站上流連，所以我覺得他只是交不到好配合他下班休假時間的女友，所以將就跟我的關係。

老師常說不要用交往這種承諾抓住對方，所以我一直壓抑我的情感，不敢對他說愛，深怕他感到壓力，深怕這段美好的床伴關係提前結束。因此導致我覺得心裡頗空虛……我也試過和其他男生正常的往來，但都沒有喜歡的感覺。

我是該滿足現狀、維持肉體關係就好？還是該順從自己的心，向他明確的表達愛意？縱使可能終結我們

的關係，但是否這樣我以後才不會後悔？因為經過兩
段失敗的感情，我記取教訓，修正我的缺點；也在看
了老師的書之後，學會了輕鬆放下舊感情，但在追求
新感情時，我很迷惘……

一

回

　　妳只是習慣回頭去要一個傳統的那個承諾，妳只是
習慣在被套住的身分裡才有安全感。妳覺得會説不想
也沒空談感情、妳不是他喜歡的型，且有互相約定若
各自交到男女朋友就結束的那話，就是玩玩的。

　　但事實是，你們在一起四個月了，而且也讓妳越來
越愛他。這樣還不滿足的原因是什麼？是想要獨占才
算數嗎？但妳之前兩次的經驗還沒讓妳覺醒嗎？那個
身分、那個承諾沒有害慘妳嗎？

　　那些給妳身分和承諾的人，為何後來都外遇了？兩
相比較之下，哪個對妳比較有利呢？雖然他仍在交友
網上出沒，但他沒騙妳，而且也沒有一直冷淡妳。他
給妳的一切都是真的，懂得在冷與熱中穿梭，不讓妳
餓、也不讓妳飽，這不才是愛情嗎？

　　而妳呢？如果可以跟他學習誠實，妳就不會像很多

女生一樣，一步步騙自己也騙他，好像可以先不在意他的想法的在一起，然後再來慢慢後悔，最後瘋了似的把一切都攤開來鬧。

　　與其每天在想如何能不讓他再去逛交友網，不如就遠離他。是這個胡思亂想會背叛妳的愛情。如果離不開，就跟他學學，學習跟妳愛的人説出真心話。

給飄泊的愛綁上錨？

問

　　我在環島旅行時遇到一個人，我們很聊得來。不知不覺，我們就越走越近，開始一起旅行。我算是個怪人，有許多特別的興趣，很難遇到聊得來的人。在聊天中，我感覺得出他有意無意透露他喜歡我；在行程上，他也刻意安排我們能夠獨處。

　　某晚，他親了我……之後，就變得一發不可收拾，我們發生了關係。他問我，我喜歡他嗎？我說，喜歡……看似，我們已默認彼此是男女朋友了。

　　但我們的愛情阻礙很多！我早就知道，他再過一個月要出國打工度假兩年。我們的愛情才剛萌芽，還不穩定。而且我們年紀差很多，他出國兩年回臺後，就已到了適婚年齡，但我還是學生，還不太敢想未來的事。

　　我跟他說，兩年後他回臺，如果還是單身，記得回來找我。我怕兩年的時間太長，他一個人在異地會覺得孤單。如果到時候，他有女友了，我想我放得了手，

我想我們可以繼續當知己。那幾個翻雲覆雨的夜晚，就當作一夜情吧！我想這兩年，我應該沒什麼機會交男朋友。

他曾說，他會讓身邊的人知道，我是他女友。但他傳簡訊給我，謝謝我陪伴他這段旅途，期待還有機會跟我去旅行。怎麼又不像給女友的口氣了？旅行結束後，他仍把我當知己似的在 FB 上跟我聊很多事……

我好不明白，現在我們的關係雖然很好，那未來呢？好不明確。

一

回

妳要的明確，其實就是個法定和道德上的身分。雖然妳自認是個怪人，但在感情上妳還是選擇一條老路。遇到愛還不夠，還想給這飄泊的愛綁上一個錨。如果人生是趟長途旅行，妳應該很清楚只有妳走過的地方是妳的人生，我們始終都是過客，即使在妳出生的故鄉，都不一定跟妳特別有緣，所以感受沿途的風景，才是旅行最好的回敬。那些不斷買紀念品的旅行者是最浪費的笨蛋，不相信心所留下的紀錄嗎？還是只依賴手中的相機？

　　如果這世上沒有固定情人或夫妻的身分，大家會不會更專心享受愛？會不會妳就不會有「怎麼又不像給女友的口氣」的不快？當妳分心想跟他進一步明確關係後，你們的愛就會悄悄產生變化，妳會莫名的用女友的標準來審核他的行為，妳會評分，然後胡思亂想，妳的沙盤推演都在在顯露妳很不安，妳已經陷進去了，妳開始對他有很多具體的要求和渴望。

　　有一個在孤單的人生旅途中闖進來的可愛陌生人，妳越想長久捕捉他身上的幸福味道，妳就要戒掉獨自豢養他的念頭。是愛讓你們在一起，不是那個身分，那個身分只是證明愛多不被人信任。走感情的老路的壞處是，會花很多冤枉路在占有上。想占有一個靈魂，是多麼不可思議的妄想。

　　對於旅行者來說，地圖是心靈畫出的指引，失去初衷，妳就會被貶為旅行團的觀光客。

再試一次遠距離戀情？

―

問

　　和法國籍男朋友在臺灣相識，交往至今兩年兩個月。一開始他在臺北，我在臺中，我認為這是最完美的距離。交往的兩年多，我們經歷四次遠距離相戀，也曾經短暫同居生活約莫六個月。我們在一起時，生活上各方面都很契合，也很珍惜彼此。每次道別時，我都覺得可以跟這個人走好久好久，也許就一輩子了也說不定。但當我們分開時，那份濃濃的愛，似乎被慢慢消磨到我開始迷惑了……

　　從開始交往，我就清楚表明，遠距離戀情對我來說很難接受，但遇到了他，我還是接受了；但男友大我四歲，又常常旅行，所以對他來說談遠距離戀愛，根本沒有什麼問題。這次他離開，計畫和爸媽去旅行、去拜訪朋友……因為他沒有使用智慧型手機，只有在他回到家、用電腦和我視訊時，我們才能講上話，加上時差問題，常常是等不到他的訊息，只能苦苦想念。好不容易搭上時間、講上話，他又說他可能一個禮拜

沒有網路、可能週末沒有網路⋯⋯

我很相信他，我們也算是「開放式關係」，我也想當他最好的朋友⋯⋯但我無法接受幾天沒法好好聊天（這比他跟別人做愛更難讓我接受），這樣⋯⋯我要這個男朋友幹什麼？

另一方面，我已經快三十歲了，我也怕自己脖子太硬，逼走了可以帶給我微笑、讓我變得更好的人（他真的是一個很好的男生）。從我們分開到現在差不多兩個月，我從希望他能多跟我講講話、為等不到人而傷心，直到現在已經變成憤怒⋯⋯

我怪他為何不多挪出一些時間給我？要是真像他說的，我是他生命中最重要的事，為何連好好跟我說個話的時間都沒有？

這個憤怒我消化不了⋯⋯因為我知道自己可能會在氣頭上，而說出傷他的話，我要求先讓彼此靜一靜；另一方面又覺得，是你要我習慣沒有你的日子，那麼我現在轉移注意力了，可以不用天天盼著你了，是不是如你所願了？你想跟我說話時，我都立刻回覆你，而你⋯⋯為什麼這麼不公平？

我常常想著他的好，又想著他的壞⋯⋯以後我們一定還要經歷無數次的遠距離相戀，為何始終無法解決這個問題呢？一切都好難⋯⋯我已經好久無法對他說

我愛你了，以前每天都會說很多次……

今天是他的生日，我連好好祝福他的話都講得很像很冷漠……所以更覺得自己是否是個機車得要人命、小題大做又放不下的 bitch……

一

回

一開始妳很享受遠距離的感覺，那是因為妳對天天在一起的狀況有警惕。但是當妳覺得妳可以跟他走很久很久時，妳就丟了那個警惕，妳就開始不能接受遠距離了。

妳以為妳懂距離帶來的意義，但妳沒有。遠距離最讓人難受的是，不符合熱戀中分分秒秒渴望在一起的目標。但一開始就滿足分分秒秒在一起的零距離，卻也是許多戀情會死得很快的主因，都還未搞清楚對方在愛情裡是怎樣的人，就急著掌控、急著如己所願。

所以妳會逼問他，為何他始終無法解決這個問題呢？為何不能弄個智慧型手機讓妳連線？為何妳這麼愛他，為何不能好好線上聊天？妳甚至說，那要男朋友做什麼。但妳知道嗎？當他辦了智慧型手機及購買網路點數後，妳的下一步不滿足就是會要求天天通話，

每個通話都可能製造衝突而非製造浪漫，於是原本可以呼吸的關係，變成漸漸猜疑的緊張。

　　妳不是小題大做，妳只是變了心。妳後悔遠距離戀愛了，妳要的跟一般那種什麼都要滿足的傳統戀愛一樣。為了愛，沒有了自己也不警覺。

　　就是因為妳沒有了自己，妳才那麼焦慮的需要他。想想跟他在一起的第一週，妳不也很有自己，也很幸福嗎？

缺陷的我能找到幸福嗎？

———

問

　　我，女性，三十歲，一個對人生不負責的人，單親，單身又無業，曾被診斷出有憂鬱、躁鬱、邊緣性人格——每個醫生診斷不一樣，但沒關係，那些只是名稱罷了。

　　與前男友交往約四年，交往時會過度依賴男友，類似大家說的公主病。把男友當作天來看，情緒都被他牽引著。兩人吵架後，我工作也不會專心；感情穩定，生活安逸平凡時，就會出現熱情追求我的人，於是，我便出軌了。

　　第一次出軌，男友選擇原諒，但我沒好好珍惜，又發生第二次。男友想挽回，當時我覺得男友不會再像以前那樣珍惜我，所以拒絕了，現在覺得很後悔。我知道，我只是喜歡戀愛的感覺，並不喜歡那些追求者。他曾說過，因為我的精神疾病不敢娶我……所以，我一直以為他不會和我結婚。但最近我才知道，他打算在那年跟我結婚，而我竟然出軌了……

　　和第三者短暫的在一起時，我的情緒不會被他影響，不會依賴他，對他有點冷淡也不想互動，我知道，自己根本不愛這個人，便分手了，也沒覺得難過，卻滿腦子都是前男友。

　　到現在，我遇到了對象，不自覺就會拿來與前男友比較；不小心想到過去，就會忍不住流淚。我明白，人總是會選擇性記憶，只記得美好的。現在前男友放假時，偶爾還會來見我，也會聊 LINE，和我保持聯絡⋯⋯我覺得我根本不可能再和別人交往，也很難相信自己可以再遇到能讓我愛得死去活來的人。我的夢想就是有自己的家庭，但感覺這希望卻越來越遠⋯⋯更何況我是有性格缺陷的人，年紀也不小了⋯⋯

一

回

　　關於妳的自我介紹，其實可以換個角度來介紹：女性、三十歲，有個孩子在身邊的不孤單母親，也是個可以就業的單身；目前無業，所以未來有很多可能性；曾被診斷憂鬱、躁鬱、邊緣性人格，不過都是以前的事了⋯⋯

　　信不信？大多數人就算沒有妳的那些病症，也有很

多喘不過氣來的壓力和不敢去就醫的憂鬱。在這麼累又這麼快的時代，有病的是居多的。

不用過度解讀妳和第三者的關係。一來妳對他沒愛情，二來他已沒糾纏妳，妳再多想這事就是自尋煩惱。

其實妳的問題不是感情。妳的焦慮都來自妳需要人養；妳的依賴都是因為現實生活裡不夠獨立，再加上有孩子，是這個壓力讓妳胡思亂想。會有感情第三者的人都不會太依賴。公主病是嬌生慣養，不是依賴病，建議妳不要靠這些靠不住的男人。

靠自己打拚！給自己三年的時間努力賺錢，不用好高騖遠，多兼幾個差，孩子交給可信任的人幫忙。妳還很年輕，經濟獨立的女人，不僅有魅力也比較快樂！這一點妳做到了，妳的愛情就會比較順遂，因為妳的獨立而招來的情人，也會跟著升級的！

高富帥，我配得上？

問

有一份感情困擾我很久，久到我覺得再不解決，我會得憂鬱症。

我暗戀大學同班同學快四年了。大一時，只是對他有好感；到了大二，開始喜歡上他的個性，大方豪爽、樂觀有自信，漸漸喜歡上他到無法自拔。

為了不再苦苦暗戀，我不斷拿他的缺點來說服自己，例如，他們家很有錢，我們門不當戶不對、他愛打麻將、身材過瘦、微媽寶……我最在意的是我高攀不上他。但即便他有這麼多缺點，我依然無法說服自己不要喜歡他。

雖想過向他表白，但我很沒自信。我不夠漂亮、身材不夠瘦、皮膚不夠白……因為對自己沒自信，加上不敢高攀，所以直到畢業，我都沒敢表白。

原以為畢業後看不到他，我就能很快的釋懷，放棄這份眷戀，但並沒有……不管工作壓力再大、再忙，我還是很想念他，很喜歡他。他是我暗戀最久的一個

男生。從沒談過戀愛的我，真的不知道該怎麼辦？再
這樣下去，我真的會生病……

一

回

　　沒談過戀愛的戀愛，是純幻想的戀愛。這時的他，
已是妳的幻想舞臺上的超級巨星，近在眼前又遠在天
邊，更加強他在妳心中的 3D 效果。妳説這初次的暗
戀算不算初戀，當然算。

　　愛本來就是愛上對他的幻想，由於從未開始，妳的
幻想期特別長也特別純，妳覺得再暗戀下去妳會生病，
可是愛上就是一種病狀，想要治癒，就需要一帖勇氣。
這勇氣就是跟他表白！

　　沒膽子親口説，就用文字。不用客氣，盡量把妳這
些年暗戀他的重大點滴寫給他知道，比如妳為他做了
哪些傻事、比如妳擔心過他什麼、比如妳收場了什麼、
比如妳哪裡難受，最後妳把為何這麼多年不表白的原
因講出來。那麼恐懼知道答案揭曉的矛盾又懦弱的心
態，原來就是這場初戀的完整紀錄。

　　説這些話的重點不是成功如願，重點是和妳愛得如
此久的戀人有一次世紀溫柔傾吐，這樣絕對比正式交

往更有感覺。

　在愛最滿盈、滿風帆的時候乘風而去，沒有得到，也許遺憾，但卻更永遠。永遠沒有夢醒的一個夢，別讓巨星來到平凡人間的現實大街，只要他在遙不可及的臺上，他就會在妳心頭上的寶座永留，不僅缺點誘人，而且家裡很有錢。

　最棒的是，他是妳永遠的初戀情人。

暗示我們不適合嗎？

——

問

我是高中生，最近跟一個男生幾乎是互相告白。可是我總覺得，我們才認識幾天就在一起了，太不實在。

前天他說：「我們都要學測，對彼此也不太了解，不如先保持友達以上、戀人未滿的關係，如何？」

他這樣說，是不是找藉口來暗示我們不適合？我還要等嗎？

一

回

　究竟該認識幾天才比較適合在一起？這問題問所有大人應該也是得不到答案的。是不是該看當事人的成熟度或年紀？還是愛本來就是一場冒險，都是先愛上了自己對他的幻想，才開始跟對方表白，然後才漸漸知道跟自己想像的有沒有差很多，發現差太多、相處起來又有很多問題的人能不能分手……這些才是妳該在意的問題。

　有能力分開，就不怕遇到不適合的人，怕就怕遇到爛人卻沒能力分開，妳看妳已為愛而開始胡思亂想了。自己都會怕速度太快，卻無法理解對方也會這麼想，還覺得對方是不是打退堂鼓了。這些都是妳太過在意而失去邏輯思考的證明。

　愛來的時候，有猶豫是很正常的，尤其你們年紀還那麼小，請把步調放慢，給對方可以調整的空間，用體諒去換期待，在忙碌的課業中安插片刻的思念。沒有好好安排時間，以你們沒有感情經驗的人來說，會遇到很多考驗。妳有沒有想過，很愛的時候會什麼書都讀不下，有可能會碰到要不要發生進一步的關係，甚至不知道怎麼好好相處，也許還有分手分到傷痕累

累的狀況。這些是連大人都會有的問題。

　　很多父母很害怕孩子在高中時談戀愛，因為這對學測是個充滿大變數的阻礙，但愛到了就是愛到了，硬要用力拆開，小心後果不堪設想。大人都做不來的事，不要太強迫孩子。只是能不在高中畢業前談戀愛還是比較好。

　　為何要給愛這麼大的壓力？不如你們約好以後每週只能見一次面，每天只能傳簡訊三則，約好學測完後第二天正式在一起。如果你們能撐到那一天的話，有計畫的愛，真的比隨興的愛要進步，且易保留細膩的質感。

享受曖昧？

——

問

　我是牡羊座 O 型的女生，跟一個天秤座 A 型的男生曖昧了一個多月。出去約會過馬路時，他都會牽起我的手；聊天嬉鬧時，他很喜歡碰觸我的身體或搔我癢；每天睡前，我們一定會講電話；他上大夜班時，我會打電話叫他起床；他早上下班時，就換他打電話叫我起床上班……不知道是我太急，還是他太謹慎，他沒有給我明確的答案。我們到底是不是男女朋友？

　前兩天，跟他出去，回到家後，突然覺得好累……這兩天，我試著不主動聯繫他，讓自己休息一下。我一直有在看老師的文章，我告訴自己就好好享受這當下，給自己設定一個期限……但還是對這感情有些疑惑……

　或許現在的我想給自己一個停止點吧！我知道或許兩人交往後可能會跟想像的不一樣，但我還是深深愛上我對他的幻想……

一

回

　　其實，沒有確定男女朋友的身分是好的。雖沒有這個身分，卻享受實質的愛情，有什麼不好？我們就來分析一下，有這個身分跟沒這個身分的差別在哪裡。

　　妳以為有了身分是愛嗎？沒有這個身分就只是喜歡？妳是這樣的想法吧。這樣分類的心態就是想要進一步的獨占，跟愛無關，跟恐懼和不滿足有關。當感情裡住進恐懼和不滿足後，這份關係就會往懷疑及緊貼的方向前進，這條路可是極其複雜又極其累的。

　　複雜在你們之間再也不是只有愛情了。妳會挑剔他的生活習慣，妳會要他跟妳報告行程，妳會管他花了什麼錢，妳會的，他也會。他會管妳穿什麼，不要妳管他什麼，甚至要妳聽他的指揮。如此妳一來、我一往，你們很快就會被這麼多愛的權力給壓得透不過氣來。

　　喜歡跟愛的差別是，喜歡是很輕盈單純的，愛是要經過一些考驗的，這兩者不是拿來給妳比較的，如果妳重視愛情而非關係，請好好享有、不是占有，請學習勾引、不是衡量。

　　天秤的男生是越抓不住妳，越對妳重視，牡羊座的

妳可別急著對號入座。聰明的妳不要任性和太傳統，
當妳害怕的時候，記得，就是妳貪心去求難求的感情
的時候。

愛情、親情，天秤兩端

——

問

我是同志，有固定伴侶，我們已經交往四年了。從我們還在念大學時，交往到我當兵，我們的感情一直很好，他陪我走過很多的旅程。但我出生在一個很傳統的家庭。在我們交往過程中，我常常試探父母對同志的看法。果不其然，他們歧視、厭惡同志，覺得同志是不正常的、是有病的、是誤入歧途的。

上禮拜，母親突然問我，是不是跟我男友交往？她說，你們常常穿一樣的衣服、一樣的鞋子、用一樣的東西，還睡在一起，看起來關係「不正常」了。我沒有勇氣承認，逃避的回答她說，我們只是朋友！但她一點也聽不進我的說法……

母親無法紓解壓力，一時情緒失控，打電話給我男友，用一些不堪入耳的話羞辱我男友。我男友只能靜靜的聽完，默默的吞下淚水。他哭著打電話給我，跟我說以後我們不能再見面了，因為我母親要他永遠不要在我家出現，不要跟我有任何來往。

我試著跟母親溝通。她說，她覺得我變了，我不像以前的我了（但我們已經交往四年了）。她說，我都不陪她去買菜、去逛逛了。左鄰右舍常常問我母親，為什麼我常常載這一個男生，穿著打扮一模一樣，還一起出入。她說，她承受很多聲音、異樣眼光，還說我這樣是不正常的，是有偏差的、是有病的，她要拯救我。我知道母親承受很大的壓力，也知道她會這樣做，是因為愛孩子的心。我只能懦弱的跟她說，我們只是好朋友，並假裝答應她不再和我男友聯絡。

但我們已經在一起四年了！他真的是很好的伴侶，能為了我改變自己，為了我進步！現在我滿心愧疚，也很捨不得他，但我不知道該怎麼辦？難道在父母心裡，我真的不正常了嗎？兩邊都是我深愛的人，我不想、也不會選擇放棄哪一邊，但懦弱的我卻不知道該如何解決……

一

回

大多數的戀情都是困難重重的，不要以為異性戀就有多自主。他們也是會被父母因任何過不去的點而阻撓的。梁山伯與祝英台、羅密歐與茱麗葉，不也是被

殘忍的對待嗎？

　　即使到這個時代，很多家長還是不知道該尊重成年孩子的感情選擇。在這個時代，還會說人感情選項是不正常的，才是真的不正常，而且越難在未來的時代裡混。因為時代已進步到不許他們公然的霸道，所以他們在家裡和家外的感情立場是很不同的。他們會對外說他們尊重同性戀，只是在家裡他們是死都不願接受的，就是這個矛盾讓你的母親痛苦著。

　　但這是她的人生功課，你若要關心她的處境，你要堅定你的信念，不要再做假了，因為她已不相信你是異性戀了。就像和別人玩自拍，你必須把自己的位子找好並固定好鏡頭，讓其他人自動進到畫框裡，不然你為他們動來動去，這個自拍就會很麻煩。

　　你能做的，就是不要刺激她。你們不要在她面前穿一樣的衣服，也不要在臉書上晒恩愛。告訴媽媽不要害怕你，這個基因是她給你的，你以這個基因為榮，就算結果依然不好，那也是媽媽的選擇，不要把別人的錯誤當作你的罪惡就好。

愛上不想談感情的男人……

一

問

我是未婚媽媽，三十五歲，有一個五歲的孩子。

我喜歡上一個男生。他有個交往十年、論及婚嫁的女朋友，後來因個性不合分開了，但仍維持「朋友」關係。在他們分手後，我跟他走得更近了，漸漸感情越來越好。我們偶爾會上床，他休假就在家陪我一起看電影，一起吃飯。直到我要他給我個答案（要不要在一起），從此我們的關係生變，常常吵架。

他說，現在不想談感情，對於我跟他前女友都是順其自然，保持平常心。他說，只要我不要再提在一起的事，就相安無事。他說，他不勉強我，現在他只想一個人，也享受這種輕鬆無負擔的感情狀態。但我卻把這段感情看得很重，常常猜忌、擔心過去式的十年（前女友）會不會再度成為進行式。我很貪心，希望他只屬於我。

他過去那段十年的感情，讓他覺得若不是對的人就應該放手，但是天秤座的他卻又能跟歷任女友保持聯

絡。我放不下他，而他也被動的接受我……在他面前我不是我自己了，我卑微了、我迷惘了……

一

回

　　不要迷惘！他不是妳的飯，他只是妳的菜，如果妳是拿菜來配飯的那種人的話。

　　當妳想要一個獨占的感情關係，這就是妳的主食，但是他不想要獨占的關係，那他頂多是妳的菜。妳改不了妳的習慣，一直吃菜對妳來說，就是不滿足，就不像在用餐。

　　不是同類，很難配對。還是妳願意調整妳的期待？

　　有個五歲孩子的妳，有個不過度介入妳人生的他，還真是小清新電影的搭配。各自有各自的獨特不可變的身分與生活性格，沒有比妳上一段婚姻單純和進步嗎？還是妳並沒有從過去的經歷學到收穫，要用婚姻角度去愛一個人本來就不容易有自己，這也是妳現任情人在乎的堅持，妳不妨多跟他聊聊他為何要這樣的關係。

　　時代不一樣了，已不允許人們什麼都不想就去盲目的依賴感情，不要以為不承諾就是不負責，不要以為

承諾專一就會做到，不要愛上一個人就想要全部。如果還是要這麼不健康的期待，妳的迷惘和卑微會很快的送妳到終點。妳談過獨占的戀愛，妳知道什麼是表裡不一，什麼是壓抑的成全，比起離過婚就老死不相往來，他這種會跟歷任女友來往的人還真不賴。

愛上沒有未來的男人……

——

問

　　我愛上一個讓我覺得沒有未來的男人，但是卻又無法克制不去愛他、喜歡他。我與他是同事，他有負債，工作不認真、不積極，每天得過且過……我問過自己千百次，明明他就不是我心目中的好男人，為何我卻唯獨對他有感覺。

　　我們互相喜歡，卻又很掙扎。我掙扎的點是他的心態問題，讓我看不見未來；他掙扎的點是，如果要和我在一起，他必須放棄很多他現在擁有的東西，例如：自由的人生。

　　一開始，我們互傳訊息，但後來訊息非常少，但他也是愛回不回；一開始，我非常肯定他喜歡我，可是後來我不確定了，也許他喜歡自由的人生比我還多……我知道要改變一個人非常困難，我也沒有想要去改變誰，只是希望我們的人生有未來，但是他卻無法跟著我的腳步，我很失望難過，想要放棄，可是我放不下，我的眼神無時無刻追隨他，我控制不了自己

的情感……

感性的一面，很喜歡他，理性的一面，卻又知道他不是我的良人。每天在雙重的情緒掙扎下，我覺得我的精神已經受到極大的衝擊，快無法負荷，開始有自虐行為產生了……只要他肯努力，再苦我也能夠接受……

我真的不知道該怎麼做？我很想不顧一切愛一次，但沒有未來，想放手，卻又放不下，總覺得不愛很可惜。未來跟愛，我到底該選擇哪一個？

問

回

妳想放手愛，但看不到未來，那要不要縮小範圍，給自己短期的愛。

為什麼大多數的感情在關係確認後都會涼掉一截，因為都太慎重考慮了，都想得太遙遠了，都在一開始就計畫著將來，都還不了解對方、不放心的拉近距離，越深入越發現種種不對勁，原來跟妳想像的差太多，卻又放不下了。這麼多的考量，才是讓妳無法放手愛的原因，是妳的條件太多，多到沒法好好享用單純愛他的快樂。

純愛他，別管他，會不會？

就是單純的愛他，但不介入與愛無關的部分。妳以為包山包海的關心他是真的關心嗎？這種關心都會因為不如妳意，而轉變成不滿和焦慮。不介入有很多好處，他的負債跟妳無關，他工作不認真也是他的事。既然他只有愛情的部分能滿足妳，何不單純的享用這部分，妳滿意，他才有信心跟妳走下去。

大多數的女性都會被傳統訓練成一開始就想永遠的事，但那是很不切實際的下賭注，妳以為永遠是可以發誓得到的嗎？妳以為永遠裡都是幸福嗎？妳以為只把眼前顧好，太不負責嗎？還是把自己的人生用力跟別人綁在一起比較不負責？

天長地久真是個毒藥，用力負責很可能是用力的上癮，總是搖頭看著他讓妳不滿的部分，這樣的愛只能感嘆，哪有片刻可以溫存？

要愛，就要懂得簡單和欣賞。要盼他努力，妳就會從情人變成長官，才真是可惜。

我愛的人，愛著過去的人……

———

問

我有一個很深愛的初戀。

奇妙的緣分，讓我們在十六年後，遇上了，在一起了。儘管期間有無法道盡的辛苦與委屈，我們還是走到現在，一年多了。我很自卑、很害怕自己配不上她，無法擁有她。

我心裡還一直有個疙瘩——她的前女友。

因為她和前女友保持臉書好友關係，我們吵架，她雖然主動刪除與前女友的好友關係，但我並沒有覺得快樂、安心……我們又回到了平靜。後來，我發現她們又偷偷加回好友了。我很傷心，快崩潰了。傷心的不是她為何加她前女友臉書，而是覺得她從沒想過要放棄得知前女友近況的管道。她解釋是不小心按到而成為好友云云，總之，她們又解除好友關係。

今天，我發現她特意申請另一個臉書身分，為的是要與她前女友成為臉書朋友。

我傷心透了。我看見她想要保有這段關係的決心與

努力。原來我的作為，只是鼓勵她想盡辦法與她前女友保持聯繫。想到這裡，頓時覺得自己好像個傻子⋯⋯

　　我愛的人，愛著過去的人⋯⋯

一

回

　　其實妳沒妳想像的那麼傻。真要那麼傻，妳就不會有那麼多不舒服。而妳的疙瘩也是妳自己造成的。因為妳懷疑她對妳的愛不夠絕對，由於不絕對，妳就全盤否認她和妳在一起的心意。但妳有沒有想過，真要是妳想的這樣，她離開妳有什麼困難呢？還是妳面對妳心中的心魔，都是這樣楚楚可憐又放不下。

　　人都在妳這邊了，妳還那麼沒自信，都那麼痛苦，何不像妳講她那樣，就停止灰濛濛的關係吧！不然妳跟她和她跟她的前女友的關係有什麼兩樣？

　　有沒有想過，她和她的前女友就是有過奇特經歷的朋友，也許有這樣的對手，才能讓妳們有個提醒，不至於習以為常的在一起。如果前女友都不能來往的心態能讓妳們感情更好，妳當然可以認真去堅持，但要不是呢？妳是不是在雪上加霜？

　　她答應妳刪掉前女友的好友，事後又偷偷加回去的

心態是這樣的，由於妳很難溝通，就把妳當愛擔心的
媽媽一樣，對妳陽奉陰違，而這一步才是妳要擔心。
得不到妳信任的關係，遲早要崩盤的，就表示妳要的
是那種什麼都不放心的永恆。這樣的在一起，愛早就
被妳的猜疑掐死了。

在愛情面前的人都是沒自信的，但沒自信帶來的掌
控是沒愛的。

要不要這個男人？

—

問

　我男友的前妻最近主動聯絡我男友，希望復合，她也知道他有女友了，但我男友似乎動搖了，沒有當下拒絕，且兩人每天都有聯絡……

　這時候，我發現我懷孕三週了。已經三十二歲的我，不希望拿掉孩子，但對於我們之間的問題，我實在不知道該怎麼辦才好？

—

回

　信不信？婚前就算沒有前妻，婚後有其他人進來打擾是很有可能的。如果每次出現新的挑戰者，就會讓妳的人生失衡的話，婚姻還真是不能碰！

　還是，如果妳把另一半的存在，看成是婚姻最重要的地基。當這個地基不耐久又容易移動，妳怎麼還敢做天長地久永相隨的美夢？妳的人生一旦是建立在他

的存在之上，妳就不會有妳自己了！

原本可以獨立的妳，為何走到婚姻裡就失去獨立？妙的是這個斷翅的行動，卻沒有幫妳換到妳要的依賴，妳唯一確定得到的，是一個小孩。

這是個難得的一堂課。警告妳，找回妳自己！從現在開始想只能妳一個人可以完成的事。不要妄想誰來幫妳完成，如此妳才能真的負起妳自己人生的責任。

要不要孩子？要不要這個男人？是妳要不要給他機會。他若選擇前妻，妳要慶幸是在婚前發生的。

沒有獨立，妳就不會有籌碼找回自尊；沒有自尊，就會變成他施捨愛給妳。三十二歲，是個該成熟獨立有魅力的年齡，不是老到急著嫁人的年紀。跟妳的男友說妳懷孕了，但妳對他的搖擺感到徬徨，告訴他不要因為孩子才和妳結婚，孩子和結婚不要混在一起討論。這個時候不能理性討論事情，對於會有更多問題的婚後是個警訊！

婚姻該考慮的問題有三：一是獨立，不管誰把婚姻弄垮了，妳都能生存下來。二是不要讓離婚要了妳的命、破了妳的魂。三是現實的條件，這是有最低消費的制度。他前妻是妳的貴人，讓妳在嫁他之前，出了個這麼好的入學考題，看他是不是禁得起考驗。妳說是不是老天在幫妳？

我要的不只這樣……

問

　　他跟我，相隔半年間都痛失人生摯愛。我們的相遇，是朋友牽線。我從一開始極度反彈，直接跟對方誇口我們絕對不可能，到後來相處甚歡，甚至逐漸發展成現在這種所謂「超乎友誼卻非情人」的狀態。

　　也許是有同樣的遭遇，讓我們更相知相惜，也更願意互相陪伴。不知情的人看我們的相處，一定覺得我們是情侶。但真實的狀況是，我們可以一起過夜、擁抱，卻不會有更進一步的發展。因為我們有共識，絕不拿對方當替代品；我們彼此有好感，卻都無法揮別失去摯愛的恐懼，無法走向下一段感情。

　　對彼此的依賴與日俱增，我們同時感到恐懼，擔心一旦變成習慣，就難以改變了。我們在想依賴／戒掉習慣之間拉扯，但又試圖說服自己，應該活在當下，因為我們太了解世事無常。

　　就這樣一年多過去了，我發現見不到他的時候開始想念，回家前開始眷戀，相處的時候總驚覺時間過得

太快，我開始茫然了。我們是享受對方的陪伴，也享受著不多不少、剛好的溫暖，需要的時候，有雙手可以握，有個肩膀可以靠，保持這麼近、那麼遠剛剛好的距離，再親近也不越矩。我們都悉心保護著這難得的情誼，我們也都擔心打破現狀，就再也回不來，就失去了這個朋友。

我該如何面對這段情感？當初認定對方不是我的菜，當初說好放心接受對方的關心照顧，當初約定可以不用顧慮對方去交往，當初也無須擔心對方會錯意……但當初的不可能，卻把自己困住了，我知道我已非初衷。

在他仍想維持現狀的同時，我卻擔心自己要的不只這樣……我該如何自處？

一

回

也許妳的問題不是現在這個對象的問題，而是從妳跟妳先夫就有這樣的問題。這問題也不是什麼特別的問題，而是傳統教妳的方式就是不知分寸的依賴。

愛他，就要什麼都給他，就要依賴，就要緊緊綑綁在一起。這個緊的成分並不是愛，而是對愛的不放心，

不放心到像快乾膠一樣黏上，所以撕下會很痛，撕掉後會赤裸到不知怎麼面對世界，但妳會以為那是愛。妳把原本獨立的個性都廢除，像上癮至深的毒癮者。原來妳就是古時候會把自己的肉身奉獻給魔鬼祭祀的人。

　　妳是愛上這個男人，不該是賣靈魂給這個男人。妳的先夫若看到妳這個樣子，一定會覺得妳很笨、很讓他擔心。妳想做兵馬俑嗎？想要維持現狀，妳就不該讓自己走到這個地步。但你們都想走到這個地步的，為何要在節骨眼上卻步，不要太慎重其事了。

　　這個慎重其事只會洩漏妳對愛的不單純，想要做聖潔女嗎？還是覺得自己不配再得到快樂，或者覺得再戀愛是對先夫的不敬？把心情搞成這樣，才是對愛的恥辱。

婚後熱情不再

一

問

我們新婚至今三個月，我年二十九，先生長我八歲。我的個性是認真帶點嚴肅，怒點低、笑點也低，感性也任性。

人家說，婚後的男人會改變，在這三個月，由許多瑣事漸漸得到應證。交往期間，對我呵護之至，包容、貼心、有耐性；婚後除了接送外，其餘一概消失。不變的是不虞匱乏的生活費、幼稚及性生活不合。

我喜歡男人安排及計畫好行程，帶我去旅行；也喜歡不經意的驚喜和平常的小浪漫。這些他都知道，卻一再由我發號施令，說一句才做一件。

近中年男子性能力難免力不從心，我想適當的演戲，表現出享受的樣子迎合他；他卻只想趕快進洞得分生小孩，整個過程含前戲不到十分鐘。加上磨牙與打呼，讓我超想分房睡。

房子、珠寶、奢侈品我都有，但是我不快樂。我想要有海賊王永無止境的熱誠……我覺得有再多的錢任

我揮霍，也沒有單身時來得開心。老師，能否指點方向？

一

回

　　要有海賊王的熱情，靠的是懂得享受追尋時的過程，而不是抵達終點的收穫。

　　當妳點出妳對他的種種需求時，這個需求設定得越死，那麼妳能如願的機會越少。比如不經意的驚喜和小浪漫，驚喜之所以驚喜就是不能事先期待，不然驚喜從何而來？妳這樣的畫出妳對幸福的框框，其實都是傳統幸福套餐的某個款式，既不人性也沒彈性，跟妳老公婚後急著想進洞生小孩有和不同呢？都不管對方感受，只在乎自己的目的，而這個自己也不是真的自己。

　　很多夫妻都像你們一樣，只是他們會隱藏內心的疑問，因為一說出就會被大家罵死，因為婚姻在這個時代仍是鼓勵大家犧牲奉獻，任何性需求都是自私的，任何不滿意都是妳不懂得包容。為何婚姻連不滿都不能公道傾訴，難道我們對剛進入婚姻的新人，有什麼像樣的事先提醒嗎？

　　妳對他的不滿意已到了全面啟動的程度。當愛不見的時候，所有小到如灰塵的寂寞，都會讓妳受不了，不如澈底跟老公掀開被子聊聊，在孩子沒有誕生以前，好好討論要不要繼續這段婚姻。

　　老公不是不愛妳，而是他跟妳一樣，對婚姻有老套又不說開的暗自期待。妳認為婚後的浪漫要和婚前一樣，他可能認為趕快買房買車生孩子是最緊急的、對妳負責的。幸運的人能一項項完成任務，但通常也是筋疲力竭，這就是婚姻裡的重擔實景。

　　如果你們要回到戀愛的輕鬆，那妳就必須放下過多的任務。只是你們放得下嗎？放不下這些套餐式的僵硬，才是你們愛不見的真正原因。

他會不會再次外遇？

—

問

　　愛，一旦是一種給予，就會有高高在上的傲慢。
愛，一旦有不斷跟人討論自己哪裡對不起人，就
可能是過度在乎別人的評價。

　　這兩種態度，常常發生在一種人身上，很假的
真情，很真的愚笨，對人如此複雜，結果只會惹
孤單上身。因為久而久之，他不會知道感情為何
物。

　　今天看到您書中的這段文字，很中我的心……

　　前年老公外遇六個月，他們已經分手了，才被我發
現。他跪下要求不要離婚，後來我留下，他也很盡力
彌補。

　　我曉得會發生這種事，我們兩個都有問題。這件事
之後，雖然他有很大的改變，我也想問他，我是不是
有什麼地方不好，讓他想找別的出口？我不想再發生
一樣的事。他說，是他自己把持不住才犯錯，和我沒

有關係。

　但他是深藏心思的人，不太會說出真實的心事。我是要像老師寫的不要再問，還是該用什麼方法讓他敞開心胸呢？

一

回

　猜疑如同癌症。

　這件事的發生是要妳明白一個真相：就是人在漫長的婚姻裡，是很有可能出軌和外遇的。

　妳也許會說，為何妳能做到，為何他做不到？是的，妳做到了，不表示對方就能做到。做不到，真的是一時誘惑開始，跟愛不愛妳無關，真的不愛妳，是很有可能就離婚了。

　如果妳經歷此事件後，還是更堅定要妳要的那種完美，那麼，妳就不會再相信他了。因為妳會充滿恐懼，怕再來一次，妳就會心碎滿地。妳最該小心的，就是妳仍堅持這種期待，這麼易碎的期待——居然是看對方在往後的日子能不能做到忠貞，這樣的人生會安穩嗎？

　他會不會再外遇？妳若只在乎這個，不如現在就離

開吧。因為這種心態而留下來的下場,對你們都是折
磨。

　　這個經歷過外遇的老公真的比剛開始沒什麼經歷的
那個老公要好,是進階版的,因為經歷過的你們,此
時給的關心會比較溫暖和踏實。

沒有共識，如何走進婚姻？

—

問

一段十四年的感情，男女交往前各自有過一段婚姻，也各自有兒女。女方的兒女跟前夫住，男方的女兒跟祖父母住。在這段交往關係中，女方常與自己的兒女保持聯繫，也與對方的女兒維持著朋友般的關係，但男方卻很反對女方與自己女兒聯絡。

因工作關係，男方幾年前決定到大陸工作，在內地期間因為有了誘惑，因而背叛女方。女方曾數次要求分開（男方前一段婚姻也是因為外遇而仳離），但總在以為分手後，總在調適完心情後，在男方返臺休假、次次挽回下，動搖了決心。之後，相處時總有口角爭執，女方就會想起那段誘惑關係而痛苦萬分，所以這段關係到現在分分合合、維持兩年多。

這十多年來，長輩隔代教養溺愛的因素，男方的女兒面臨大學生活在即，卻沒有自理能力，所以男方不想讓孩子繼續由祖父母照顧，因此與女方討論是否要走入婚姻，這樣的話自己的孩子才能順理成章讓女方

照護。男方也認為走入婚姻的前提是要提供孩子照顧與關愛（卻不曾提及是否也相對接受女方的兒女）。

在這麼長的交往過程中，女方曾表明不想替代孩子母親的位置，即便是在婚後，也想與孩子維持朋友的關係（而且一直以來都是這麼做）。男方也因薪資考量與中年就業問題，沒有返臺的打算，幾經溝通，沒有達成共識。目前這段關係陷入兩難的僵持中。

一

回

我假設女方就是妳，從妳的描述中，可以看到妳對你們的問題的態度，因為他的背叛所以提出分手，因為他的挽回而心軟留下，光是這兩個反應，對妳都不利。

為何一個背叛就把你們的曾經一筆勾銷？為何一個挽回就將妳的不舒服埋進嘴裡，又吞不下？因背叛而提分手是很多人使用的態度，感覺他髒了，感覺幸福被另一個人掠奪了，感覺他摔破了妳的幻夢，回不到當初也離不開，這麼鑽牛角尖的自虐，其實對誰都不利。妳有因此處罰到他嗎？還是妳也沒本事離開他。

三毛說得好，某回他的老公荷西去外地工作幾個月，

回來後他告訴三毛他遇到了一位女子，他很有感覺，甚至想跟她走下去。想了一夜，三毛跟荷西說，如果他們已走到難分難捨的中途，不如他就過去跟那個女子過三個月，三個月後他們若還不想分開，三毛就澈底退出。如果他們三人能和平相處，三毛也不排斥三人一起生活的模式。結果荷西聽完就抱住了三毛，他決定離開那個女子。

這個故事讓我發現不貪心的人，比較不會被得失心綁住，重點不是荷西離開了誰、留下了沒，是永遠都不要在感情上為難誰，不管是愛上一個人或離開一個人。人是很可能同時愛上兩個人的，與其用道德和承諾來責問他或離開他，不如問自己還愛不愛他？除了這點，他還有什麼好處，他有想回頭嗎？

把自己的處境弄清楚，妳才不會情緒化，用分手來解決自己的生氣是很愚蠢的，蠢在氣頭上提分手。你們有不少問題待解決，經濟上、觀念上、價值上、地域上有很多差距，為了照顧孩子而結婚也許是個契機，但也可能埋伏著壓力，因為還沒有共識。

關係兩難不如放著，你們現在的關係不見得不好。結過婚的你們應該很知道相處真的需要智慧，沒有彈性的主觀太多，就顯出你們不適合太緊密相處，沒結婚的劈腿妳就要分手，結了婚後再知道外遇，不是風

險更高嗎？繼女繼母的關係確實不如朋友好，往這麼
理性的方向思考，也許妳就不會太心軟想這個事情。

心軟，其實是很情緒化的軟弱。

自己真的適合婚姻嗎？

—

問

老婆是我唯一的女友，我們交往七年，結婚三年，兒子目前六個月大。我們一起買了棟房子，登記在太太名下。

這陣子，一直在問自己真的適合婚姻嗎？我想要的是一個人自由自在，想做什麼就做什麼，而性的問題，也是想離開的一個主因。

我跟太太提出了這樣的想法，也承諾房子歸屬於她，房貸及兒子的養育費，我會持續支付，我們不要斷絕往來，只是選擇另一種生活方式。太太聽完了，很淡定說，如果我真的想這麼做，不會阻擋我。

我知道，終究要靠我自己做決定，但還是想聽聽老師的意見。

一

回

很羨慕你心裡想什麼就可以講出來的自在，但你更幸運的是有個能讓你自在做自己的妻子，我相信你們是比較進步的新一代夫妻。舊款的丈夫遇到這類狀況就是壓抑、就是偷吃、就是外遇；舊款的妻子聽到這種丈夫就是憂鬱、就是不甘、就是心死，但你們會沒事，因為你們認定的價值觀中，抓住婚姻可不是什麼輕鬆享樂的事，更不是面子，你累，她一定也不輕鬆；你無味，她也可能早就無力了。

新婚又剛有小孩，這一切大變動帶來的壓力都會讓你們省思一些事。也許照過去道德的標準來看，這封信裡的你絕對符合自私又垃圾的丈夫條件，但如果你的妻子也跟你一樣看法，是不是意義就不同了？

我也認為你的妻子之所以淡定是因為她跟你一樣（不一定是痛苦至極），我也鼓勵她這麼想。這是保護自己的新時代能力，不像以前女人那樣想，就比較不會被傷到，更何況你願意支付孩子的所有費用和房子貸款，她選擇不勉強你，或許是你們雙贏的最佳局面，且不用變動太多。

大家會罵你，是以為你的妻子一定很受苦，所幸你

的妻子是淡定的,這點你必須給她大大按個讚,能專
注的愛孩子,並承認自己也無暇管你,是很進步的態
度。以前的觀念就是太執著於表象的東西,就是握住
爛東西也不放手,傳統的那種思維,總是要女人不放
手對方、不放過自己,除了不,還有什麼好方法呢?

如果什麼都不能說,是不是也是一種說謊?難怪外
遇越來越像是死都不離婚的婚姻的必備,去鼓勵新媽
媽不放過這個男人有什麼好處?我相信你是想過才做
這個決定的,房子是她的和其他費用都由你承擔就是
證明,就是因為你有站在她的立場想,並先講出來了,
她才沒有崩潰。可能你平日也累積不少好溫柔,讓說
的人無懼,讓聽的人安心,你們似乎都做到了。

我並不會擔心你們做任何決定,你們錯了是會調整
的。倒是你問你適合婚姻嗎?我的看法是……這是個
壞角度,因為誰都不完美,誰都有很多不適合的例子
可舉,想多了,誰都會被三振出局。

孩子對我出櫃了

———

問

　我的人生面臨了重大的考驗……我的孩子在五天前對我出櫃了。

　我曾懷疑他的同性傾向且以為我能泰然面對，因我跟孩子們如此親近，我又這麼跟得上時代，也是他們同學眼中極羨慕的酷辣媽。

　在面對孩子坦承的當下，我支持了，我祝福他且更愛他。但獨處時，我極為痛苦。我既要瞞著先生，以免孩子被趕出家門且遭受羞辱，又擔心他未來的路將走得辛苦。我藉助安眠藥仍無法入睡，壓力大到全身關節都發炎，疼痛不已。

　孩子慶幸感恩我那麼理性接納，他也承諾會更加謹慎做好本分，但我清楚自己沒那麼偉大，我仍希望才大三的他有轉寰餘地，但他篤定的答案，讓我痛苦不堪。

一

回

　　妳的孩子正在給妳上一堂人生大課。

　　這課會逼著妳蛻變，要妳學習公道看人，就像希特勒對猶太人的屠殺，用優越感去否定別人的存在，其實等同殺人。還好人的靈魂是可以躲在心裡的。如果妳帶著偏見並霸道的殺掉那個妳鄙視的靈魂，妳就會像妳的丈夫，永遠見不到孩子真正的樣子，還好妳不是。

　　妳對孩子的愛是妳能蛻變的機會，讓妳矛盾的是妳原先信服的觀念，就是同性戀是病態，就是有同性戀的孩子是可恥的。因為妳的兒子是同志，妳才有機會去認識自己有多誇張的偏頗。

　　妳的壓力、妳的焦慮、妳的睡不著，是因為妳正在重生。雖不是妳所願，但妳為了愛妳的孩子，妳會逼著自己改變。所有的重生都如生產般陣痛不斷，一旦完成，妳就進階了，妳就更遼闊了。

　　心胸遼闊的人不僅能納百川，也會捨得放下過去，因為人總要成長。妳的孩子教妳如何走進他的世界，這是一次充滿驚呼的旅行，但會越來越幸福。有一個這麼勇敢且不怕妳失望的兒子，真的很幸福。

你懂得愛？

——

問

　　老師，為什麼覺得自己懂愛？從什麼時候發現或者開始了解愛，並覺得自己可以教導別人愛是什麼。無冒犯之意，只是想知道一個人到了什麼樣的程度才叫做懂得愛？

一

回

　　其實懂與不懂之間有一種探尋，我只是對於探尋很有興趣。當然命運也給我這樣的機緣，像寫歌詞的經歷，像寫作的能力，像唱片公司那麼多歌手讓我用字素描他們的心情，像我的書，像後來熱門的臉書上的互動。這些點點滴滴的磨練，都造就了今天一直在思考愛的題目的我。所以我不是覺得我懂，我是一直有機會繼續懂。

　　至於教導，這是讀者看到的角度，但我一開始的心

態只是對談，所以我才會用問與回的形式來定義，而不是問與答。我最不喜歡把關係變成學生與老師。這是一次雙劍會，重點是你來我往、一刀未剪、全程直播，並歡迎各路人馬來比試。

對於這樣真實的人生提問，我期望大家勇於做自己，勇於在愛的面前獨立。怕失去而緊緊執著的都是病態的變身，那都不是愛，都是為了完成大家看起來正當的關係而不安的心態。這是個終於可以不被任何議題評論好壞的區塊，我想保護的是這種尊嚴，人性的尊嚴。愛應該是建立在尊嚴之上，而不是建立在道德之上。

有了尊嚴，自然有最好的道德。

岔路迷途

如果你打算和他來一趟一生的旅行，如果這麼長的緣分都會讓你緊張兮兮的怕被掠奪，那麼這個怕很可能是真正的大問題，因為你在旅程裡大都是不安的。

小三，真的很壞嗎？

——

問

　　我是資歷十三年的小三。這十三年，我從不過問對方的家裡狀況，但他曾說，我沒有不愛她，但我無法不愛妳。期間我曾經離開他一年左右，與所謂的正常人交往，但我忘不了他，那一年，其實是痛苦的。

　　我不曾主動打電話給他，永遠都是等電話的那個人。但那一年，我忍不住打電話給他，問：「我能回到你身邊嗎？」他毫不猶豫說：「好。」

　　我有獨立的經濟能力，有自己的事業，買房、買名車都是靠我自己的能力。我一年只收他的兩個紅包：除夕、生日。他的心事、公事都只跟我說，他說回到家，他的妻子只聊小孩，他偶爾講點工作上的事，他的妻子就說她不懂，不想聽。我是他快樂的泉源，而他是我拋不下的愛戀。

　　小三，真的很壞嗎？起碼我自己認為我不是。

　　原配能否想想，妳為何留不住對方的「忠貞」？這世界外遇的男人不是真的風流，小三也不都是狐狸精。

愛情沒有條件，火花燃起往往可以燎原。結婚證書只是一張紙，僅代表法律的責任，無法約束愛情。

愛情如果能用理智控制，就不是真的那麼愛了。

一

回

能在愛情裡不談條件的人太少了，能不貪心的外遇者就更少了。所以妳那一年跟「正常人」交往會如此短暫，可能就是因為妳的貪戀。

妳說元配為何不能讓老公忠貞？但問題是她的沒有辦法，並不代表妳就有權力。結婚不是只有一張紙，它是有法律效用的。只要她願意，她是能約束你們的愛情的。再怎麼自愛自費的小三，依然是小三。

當小三不可恥，是跟元配比較的這個心態要檢討。一比較，妳就顯得沒有地位。不要忘了，這個老公是愛到要跟她結婚的，而且也結成了。光這點妳就輸了。不要以為愛有多了不起，真正難的是結婚以後。等到妳也要處理元配應盡的義務時，妳就會知道小三是多麼輕鬆的身分。

愛情是連小三都控制不了的，不然就不會有那麼多不肯離婚的外遇老公。

外遇對象不要我了！

——

問

　　其實很多感情問題在當下，每個當事者都知道那樣子不對、不好，但真正遇到了，有誰能像每篇愛情文章寫的那樣灑脫呢？呵，我遇到了，只是聽我的故事，我會是大眾的攻擊對象。

　　我和妻子分居時遇到了她，她也是與丈夫分居中，大概是有同樣的問題，所以總會有相同的感受。於是，我們做出了連自己都討厭的事情——外遇，持續了三年。這三年間，我們也曾好幾次因受不了良心的譴責而分手，卻放不下對方，又再聯絡。第二年，她很幸運的處理了自己的婚姻。她成為單身，更增加我的罪惡感。我沒辦法給她安定的未來，我只能給獨立生活的她一些基本開銷，日子苦，但還過得去。但我知道她最在意的還是我身分證背面的配偶欄，也是我最在意的。

　　直到二個月前，她選擇去八大行業工作，想快點累積創業的資金，我也只能支持。她每天會跟我訴說工

作狀況，我們平靜的過了一個月。

　　一個月前，我順利的簽了字，離婚了！但她卻突然提分手。不像過往分手那樣，這次我是真正的感覺到她的心不在了！後來知道是她對一位熟客動情了。

　　我慌了⋯⋯做出讓她厭惡、甚至憎恨的事情。我找她母親吐心聲、假冒陌生人傳簡訊給那位先生。如果那位先生對她好、疼她那就好，但那位先生也是有另一半的人，我試著警告她，我還傳訊給對方的妻子，要她注意她丈夫的行為⋯⋯結果，鬧得很不愉快。從此，她封鎖我所有和她聯絡的管道。

　　這幾天，我因長期睡眠不足使用了身心科藥物，再加上喝了酒，我進了醫院。在醫院兩天，我冷靜了，我覺得是我極端的做法傷害了她，充滿悔意⋯⋯我想藉由工作，讓自己忙到不再想起，但每當我獨處時，總有個莫名的東西出現追著我，我想跑開卻⋯⋯

一

回

　　先提醒你兩個錯誤的想法：一是你認為她最在意的是身分證背面的配偶欄；二是你認為她的那位客人對她好就好了。事情後來的發展都證明這是你的誤解。

她沒有要跟你結婚，你也沒你想得那麼大方。

你的罪惡感都跟感情無關，所以你在乎的老婆的感受是多餘的，你只是對不能符合大眾的期待而有了罪惡感。而她離婚後的種種變化，也許最大的領悟就是，不要再結婚。因為她結過了，她非常知道結了婚不一定能從婚姻欄裡得到什麼，是你把傳統的想法冠在她身上，以為她就是要男人做靠山才安穩，但很可能是她對所有男人，包括你和那個客人，都有了新觀點。你們都是對她好的人，不管是金錢或感情上，雖然只是她期望男人的幾分之一，但比要了全部後期待落空要好太多。

你的瘋狂舉動，比如跟她媽媽告狀，比如跟那個客人的妻子告密，比如拿出你對她多好的帳來算，比如你無法入眠而住院……這些大禍既然已造成，你就該好好覺醒。沒有人會喜歡這樣的男人，既瘋狂又小人，但這就是愛情伊波拉病毒，愛情來的時候，遇到一切都不如意的狀況，你就會病發，就會做以上讓你澈底失去她的事情。

跟她好好道別吧！方法如下：告訴她，你會在她生命中永遠消失，因為你已沒資格期待她什麼，謝謝她的原諒，祝福她的未來。

我不想愛得那麼卑微

———

問

　　我是個高三學生。去年我意外發現，我是別人的第三者，所以毅然決然的提出分手，男方也被動的答應了。今年三月，他回來找我，我們又開始密切的聯繫，有意復合。但是他還沒跟他女友分手，他也說他會盡快處理。我知道這樣是重蹈覆轍，可是我還是喜歡他，所以才會不顧周遭朋友的反對和輕視，繼續和他聯絡。

　　最近，因為我們曖昧的對話被男方同學發現了，在班上傳開。男生怕輿論壓力，不敢開口跟女友提分手，因為提了就間接承認他劈腿的事實；再者，他女友好像也當作沒這件事發生，有意和他走下去。

　　我問男方，我們怎麼辦，男方希望我留下，卻又不知道怎麼開口向他女友提分手。留下，將是沒有盡頭的等待。

　　我不想愛得那麼卑微，提不起又放不下，但要在一起好像好難好難……為何他不能為我勇敢一次，承認一切？我該怎麼辦才好？

一

回

　　為何他不能為妳勇敢一次，承認一切？為何妳不能為妳，頭也不回瀟灑離去？為何裡總有很多左右為難的問題。你們這麼年輕，怎麼平靜分手，怎麼勇敢，怎麼不顧他女友的不動聲色……妳知道對誰都是難題，不該強求他做到。

　　重點是承認一切，不一定是勇敢。勇敢一次，可想過有幾種下場？下場也許是他分手後又後悔，也許他的女友的不動聲色反而凸顯妳給的壓力，也許他很有誠意的跟妳道歉說他不敢開口，也許他分手成功而你們也在一起了。

　　那麼多也許，表示不一定會如妳所願，但一定會造成你們三人很大的壓力。誠如妳說的，要在一起很難，即使你們最後是在一起了，妳可能會遭遇和他女友一樣的狀況，那時的妳會怎麼處理？這問題不是要妳懷疑他的未來，而是這個妳現在很想爭取的身分，究竟是什麼？妳可以趁此機會思考一下。

　　感情很熱烈的狀態都是一時的，當愛慢慢冷靜下來以後，妳就會知道愛不是幸福這麼簡單，愛會變化，有冷有熱、有真有假、有長有短，每個轉折都在考驗

妳怎麼應付，每次打擊都能帶給妳一些思考，就像妳會問，我該怎麼辦才好，怎麼辦？

　　能不能不要讓三個人那麼為難？你們都那麼年輕，不要談這麼沉重的戀情，這樣很容易玷汙了初戀。初戀不用很順利，但一定要純潔得很難忘。什麼是純潔？就是不傷人、不混亂、不為難、不要只為自己。

　　這一課要告訴妳三件事情：一是他的女友當作沒發生這件事的氣質很好，可以學習；二是他和妳一樣都放不下；三是初戀不能放在無限的等待。

　　離開他！你們倆真要有心，他分手成功後，再來找妳也不遲，如果妳那時還是一個人的話。

要在一起又要不忠？

——

問

　我今年二十八歲，離鄉背井到外地工作。跟男友在一起七年，現在同居，感情時而穩定，時而不穩定。兩年多前，在一次激烈爭吵後，他每晚都出去和損友玩，甚至不回家，整整一個月的時間。原本我們瀕臨分手，但最後決定給彼此一次機會。

　但在兩個月後，我發現他的訊息裡，出現他跟其他女生約會的情節，但他堅持說是那個女生喜歡他，他沒有動情。後來，我在臉書上發現那個女生是在不良場所工作，還看到那女的 PO 情人節禮物照，而那情人節禮物跟他送我的是一模一樣。我質問他，他說是他朋友在追求那個女生，朋友買和他一樣的禮物送給那個女生。有可能嗎？事後這女生還刪除了照片，不是有鬼嗎？

　我拿這女生的照片給男友看，他堅持說不認識她；我叫他給我看和他通訊息的那個女生的照片，他也堅持不給我看。直到今天，他還是堅持說他沒做過對不

起我的事、沒有出軌。但這件事卻成為我心中的芒刺。

我一直放不下那件事，我很想知道真相。我該怎麼做呢？是要睜一隻眼、閉一隻眼？朋友說，既然要一起走下去，多當一次傻瓜又如何。但我是那種非黑即白的人，我不能接受要在一起又要不忠。我已經對他失去信心，沒有安全感了。

他跟我在一起的這七年裡，他說他觀念很傳統，是朋友公認的專一。他的話能信嗎？他很聰明，反應很快，很擅長講話，就算是假的，也可以被他說成真的。

他一直吵著他要自由，他要的自由是隨時要出去玩就出去玩，不喜歡被約束被管，且每次都玩到凌晨才回家。這不是單身的自由嗎？他說他很有分寸、自制力很好。可是，上回一有自由，他就……真的給自由，他又會搞出什麼事來？不是我不給他自由，是他無法給我安全感。

現在，只要一談到那次的「劈腿」事件，他一定極力否認，然後惱羞成怒。只要他一生氣，他一定跑出去，完全不接電話，凌晨才回家。我們沒吵架時，他對我很好，但只要一吵架或談到那件事或自由，他一定大發雷霆，完全變另一個人，可以把我當透明。他知道我離不開他，所以每次都用分手來威脅我。

我該往前走嗎？要放棄一段感情真的不是那麼容

易。我以為只要彼此有共識，一定可以解決所有問題。

請老師給我一點意見。

一

回

如果妳堅決要做非黑即白的人，如果妳知道真相後就能消化或放手，那妳就可以跟他說，妳要知道真相。如果真有他人、真是不愛妳了，那對你們也是種解脫。

到底是想要真相重要，還是你們能和好重要？到底是他死不承認對你們的未來能繼續有幫助，還是要他把妳心中這根刺拔出來比較急？有些錯犯了，對於容易有疙瘩的妳來說，死不認錯不是最佳處理方法嗎？還是跟妳承認後，只會讓妳的刺扎得更深？

妳的所有反應都是許多女性制式化的反應，就是不相信男人會忠貞，但又期待男人百分百忠貞。一旦懷疑男人不忠貞，就有一根刺永遠插在心中，但如果都得不到真相，那就是妳跟他長期糾纏的開始。因為妳是越恨越不想放手，最後就變成沒人想理妳，男人想離開妳的窘境。

在一起也不舒服，死不認帳也不可以，承認也壞事，那妳到底要什麼？

　　這段關係如果妳要把它審判成妳被背叛了，妳認為妳被騙了，那元凶可能就是妳，因為妳以為自己有權力去怪罪對方不忠，因為妳以為妳有能力去挑起這個戰火，因為妳以為妳有能力瀟灑說走就走，是這個一連串的欺騙，再加上妳要自己去相信普遍不會忠貞的男人對妳忠貞，才導致妳今天被背叛又被甩的命運。

　　你們的關係不是被背叛弄臭的，是妳的情緒化和表裡不一的態度，把一切都搞砸了。記取教訓，重新再來，放過妳和妳的男友吧！

小三不斷的男人，能交付終身？

——

問

　　我現年三十二，男友三十一歲，交往十個月。約三、四個月時，覺得他怪怪的，應該不只跟我交往。後來，漸漸發現真有其他人，而且是在我之前。一位，小他三、四歲，應該是發現我了，離開了。一位，小他八歲，三方曾偶遇，看來也離開了。

　　還有一位是他的前女友，曾交往約三、四年。但因男友家人反對，導致分手，他說覺得有所虧欠，才暫時陪伴她。我們已屆適婚年齡，也有共識要買房結婚，但我問他前女友的事，他說他會解決，卻又不給時間。

　　到現在為止，我是唯一被他家裡人認可，可以在他家出現的女友。他說，妳知道妳與她們的不同嗎？我大概懂得。可是，這樣真的好嗎？這樣走下去，可以嗎？

　　對於目前未婚，但可能同時放很多線的男人，可以交付終身嗎？

一

回

　　交付終身，是很容易的，一般人的方法是閉上眼睛，回應上帝說：我願意。就這麼簡單，爾後雙方一切憑良心了。妳說像不像是場盲目的豪賭？如果妳的男友掩飾得很好，沒在婚前讓妳發現這些女友，妳還不是就以為只要好好經營，就能天長地久了。

　　也許妳該知道，人是越來越難忠貞了，不管男女。妳不在乎他到底帶給妳什麼正負面能量，妳就越浪費時間去完成沒意義的堅守，妳要他忠貞做什麼呢？

　　妳怎麼要，這一要是不是心就永毋寧日？男人選擇結婚的對象和談戀愛的對象的標準是不一樣的，女人也是，這是妳和他其他女友不同之處。他跟妳結婚又怎麼樣？從現今的離婚率來看，有五成的風險。他可以交付終身嗎？那就要看妳怎麼想。

　　如果妳想得太慎重，一旦離婚妳會摔得更重。所以，別費心找不出事的對象，請把所有的恐懼都拋下，專心愛他、專心享受他。只有專心這兩件事，其他的擁有才有意義。

外遇的我就該死嗎？

——

問

老師，我想去死！我外遇了，另一半不斷的威脅我，要告到公司，說我毀了他、孩子和家人的一生。他說，他一心一意只對我，要我和他做愛，不然就叫我搬出去，說這是夫妻法律應盡的義務。他的嘴賤到我想殺了他……

我知道我心理生病了，我竟然會有這種想法。他說，我合理化外遇，我一點愧疚感都沒有。是，我是做錯了，但有必要不停的詢問細節嗎？逼得我走頭無路。

他說，他要帶走孩子。但這樣性格扭曲的人會怎麼教小孩？我知道我爭不贏孩子，但要放手，真的好難。他不停的跟我說，他愛我，他想要完整的家。我只知道這種愛好恐怖，不停的說為了孩子，別人都可忍，為什麼只有我不能忍，說我自私，只愛自己。

我覺得我好像被判無期徒刑，關在監獄裡……外遇的我就該死嗎？

一

回

也許有人會說，妳都外遇了，怎麼毫無懺悔之意？是的，反觀過去，男人外遇被老婆知道後的狀況，如果老婆像妳的老公一樣抓狂，並覺得她的人生被男人毀了，相信他們的關係再怎麼綑綁在一起，也是個災難。

當他氣急敗壞要妳跟他做愛，不然就要把妳趕出家，這心態是憤怒燃燒後飛出的灰燼。他要妳明白，他的信心是建立在承諾上的，儘管承諾是那麼虛空又講不清楚，儘管這樣的玉石俱焚是毀滅這一切的最後一根稻草，但這卻是大家普遍採用的方法——崩潰、傷害。

如果妳有餘力理解他的膽怯，他的壓力大都來自社會給他的期待，不一定都是因為妳，是這個期待破滅讓他無立足之地。比如孩子以後誰照料呢？比如他怎麼跟親友和同事承認這一切呢？比如婚怎麼離？比如怎麼忘記妳的外遇？比如怎麼讓妻子回心轉意？以上這些問題，都是新世紀突然湧現的問題。

原來女性在經濟獨立後，已全面覺醒，她們不再為了經濟的依賴而壓抑感情，她們甚至比男人更認真外遇。這也是妳的老公會如此難受和抓狂的原因。男人

外遇大多數是玩玩的，女人可是愛了就無法回頭。

　　好好跟他說，如果妳不想再繼續下去，就澈底的站在他的角度看這一切扭曲的樣子，就像重感冒時的不能呼吸。反正要放下，就多些體諒。如果妳不想離，也要好好跟他說，告訴他婚姻裡的第二章，需要他用溫柔解救妳，否則也請他不要傷害自己。

　　做不了夫妻，更要做好孩子的父母。過不了這關，三人都會更可憐，最重要的不是婚姻或外遇，而是撇開了那些法定的名分和恩怨，你們的愛還有多少？

老公和前女友們幽會

—

問

　　結婚三年，目前育有一兒一女，老公在外總表現出愛小孩老婆、顧家的形象。我們生活簡單，唯一讓我困擾的是老公和前女友「們」常常聯絡，背著我偷偷出去幽會。被我發現後，老公不承認、不理會，當作沒有事發生，繼續平常的生活。他說，除非抓姦在床，他才會承認。

　　有人跟我說，老公有天天回家對家庭負責，出去玩玩沒關係……可是，這件事卻成為心裡永久的疙瘩。只要他休假、我上班時，我就會胡思亂想，他是不是又跟別人出去……希望老公專一的對自己是不是太貪心？還是應該看淡一點，自己開心比較重要？

一

回

　　希望老公只專一對自己，跟貪心無關，是跟愚蠢有關。這個專一的需求是打哪兒來的呢？

　　本來喝可樂很開心，但妳現在更進一步的期盼是，全世界只有妳喝得到這可樂，誰都不能喝。也許妳會反問我，這樣不對嗎？大家不都這樣想嗎？

　　好的，我們就來當場解剖，看看這個專一裡，有什麼東西值得妳這麼用力追求？

　　這個專一並沒有什麼特殊之處，它是被妳的腦袋膨脹出來的假議題，也就是這個專一是額外的需求，跟愛本身無關。獨占的原形是霸道，不懂分享的愛，其實就是跟誰都過不去，它就是會讓妳懷疑東懷疑西，一如戴上魔戒一樣，忍不住要著魔，忍不住要去碰最表面的虛榮。最不利的地方在於，這樣的專一對妳的另一半是個折磨。在這麼不相信他的基礎上，只會讓他看到妳貪心又浪費的一面。

　　妳有好好享受妳強勢要到的專一嗎？專一有改善妳的不安全感嗎？還是妳越來越發覺安全感是越要越缺乏的？妳怕妳老公和前女友聯絡，是怕他們舊情復燃嗎？然後妳不高興到也跟他吵過了。其實這樣想是條

不歸路，妳會越來越難相信他，妳會讓你們的關係越來越緊張，妳會被妳的猜想逼瘋，妳更知道這樣的禁止就算妳得逞，也不代表事情結束了。這個被妳規定回來的老公，會像很多乖乖回家的孩子一樣，看著媽媽般的妳，無言也無力了。

老公天天回家不是什麼恩惠，老公對家庭負責跟你們的感情也無關。出去玩玩真要沒關係妳就不會有疙瘩，妳的痛苦其實很老派，而這老派痛苦的源頭都是因為要他是妳的專一。原本好好的，卻被這個念頭搞得自己時時不放過自己，專一真的有讓妳更滿足嗎？真的怕不這麼想，男人更會亂搞嗎？

看淡是沒用的，那是欺騙自己。是請妳不要再看了，妳這看的舉動，才是背叛相信。

我們之間是不是有第三者？

—

問

　　我們結婚十二年，有兩個小孩。在這十二年裡我老公對我、對小孩、對這個家庭都很好，很有責任感，也很努力工作，雖然物質上沒有很富裕，但是我們過得很幸福，也沒什麼壓力，他對我更是百般容忍與愛護。

　　一個月前，為了創業，我們把房子賣掉，先租一間小套房住，可是，他卻開始找借口不回家睡，我感到很奇怪。前幾天，我忍不住問他，他才告訴我，他發覺自己越來越自私，只想一個人無拘無束，沒煩惱，不想在意太多。

　　他這麼說，我的心好痛、好酸，我不知道他為什麼會變這樣？是因為近來那位常打電話給他的女孩嗎？他說，是那個女生對他有意思，但是他對她沒有動心。可是，我發現他們也沒有保持距離……我問他，這陣子反常的行為，是不是因為有了第三者？他說，沒有，叫我不要亂想。

　　他說，他是做生意的人要有好口碑，不能亂來，而且親朋好友對他工作、為人處事上，各方面都很稱讚，他還要抬起頭做人，如果他踏錯一步，他就什麼都沒有了。沒了家庭，沒了我，沒了所有人對他的信任，所以他不會這麼做。

　　我知道我們要找店面不是很順利，我知道他很容易往壞的方面想，我想他這陣子很煩……而我何嘗不是糟透了，我沒辦法不亂想我們之間是不是有第三者？每到晚上他不在，我就猜想他是不是去了誰家過夜？我真的快精神崩潰了。

　　如果真有第三者，我會選擇離開，我想再在一起也沒什麼意義了！朋友、親戚都說，以他們對我老公的了解與認識，絕不有第三者，我也希望如此，因為我很愛他。

　　老師，我該怎麼做？

一

回

　　如果女人走進婚姻，就要以男人為中心，當男人垮了或不要妳了，妳就會跟著垮臺，這樣的婚姻還滿可怕的！但大多數的婚姻卻是如此。

　　即使很多女性已能經濟自主，但精神卻還是不能自主。這不能自主的因素有的是來自別人的眼光，有的是頓失慣性的依賴，有的是沒法獨立照顧孩子，有的是怕見到對方撕破臉，這些說不清楚是為了什麼的慌亂，都是因為妳結婚時的態度就很不健康。明知道外遇是很有可能的事，卻給自己那麼沒有退路的標準，一有外遇，不管自己是不是還想要這個婚姻，還是堅決要離。這麼堅決要離的婚，當初為何還敢結？難道都沒有彈性？

　　其實不管妳老公有沒有第三者，妳該問的是，如果妳還要這個婚姻、這個男人，為何要放掉？為何沒有一絲努力就放掉？為何不能想成是你們關係破舊後的一次修復工程？不要覺得你們的關係好到不需要改善，也不要以為是他錯妳對，所以要他先低頭。解決問題若要這麼幼稚，是沒什麼能力解決問題的。

　　如果你們還有一點意願，何不就從這一點開始，不

要跟大多數只會恨、只會怪、只會一刀兩斷的人一樣。真要分手，就要有好聚好散的心情，不然分手都是假的，都是處理不了對方的情緒化。

婚姻裡隱藏的最大危機不是外遇，而是對於某些狀況太過在意。太在意不是重視，是想不通的執著。妳應該先開出自己能接受的底線，比如不要沒有理由的外宿，那會讓妳胡思亂想，也聽聽他的想法和底線。

這是個危險的階段，當他的事業也不安穩，妳可以坦白妳的恐懼和壓力，請他幫幫妳，如果態度或現實都幫不了，妳離開他，也才離得清清楚楚。

沒有他，真的不會怎樣，往後不管對誰，都不該把自己陷在這麼危險的規畫裡。

其實妳單純跟孩子在一起反而比較開心自在，妳只是習慣了起初對家的概念的那種完整，那是虛的，那只是一種點綴，根本不是需求品。

少去介入妳老公不安穩的事業和可能的外遇，如果他的態度很差又不給答覆的不回家，趁機跟他分開也是妳的幸運。

為傳香火，爸爸不斷外遇⋯⋯

——

問

　　國小三年級時，我爸外遇了。當時我還是獨生女。爸爸外遇的藉口是需要有人傳香火。算命師說，看他的命格，如果要有個兒子，就要跟外面的女人生。所以他金屋藏嬌，把私房錢一百多萬都砸在那個小三身上。

　　那個小三是理容院小姐，還有個拖油瓶。我爸不介意，甚至要領養她的女兒。而我爺爺奶奶從頭到尾都知道、也同意。這給我媽的打擊很大，她請了徵信社跟蹤我爸，準備打離婚官司，卻意外發現那小三養小狼狗。

　　我媽告訴我爸這件事情，才讓他澈底對那小三死心。後來，我媽懷孕了（是個女寶寶），我爸又外遇⋯⋯那時候，她的精神狀況已經不太好，本想離婚帶著我出去生活，但名下的資產都是貸款買的，身上也沒有足夠現金，最後她選擇留下來跟現實低頭。

　　順利生下我妹後沒多久，我爸又外遇了⋯⋯但是接

二連三的打擊，讓她精神不太正常。為了拚一個傳香火的兒子，我媽再度懷孕，已是個高齡產婦，而我爸還是外遇……

每次我爸外遇都拿沒有生男生當藉口，她拚命了，最後，真的是連命都拚掉了！那時，我才剛國中畢業。我恨他！我恨他把這個家毀掉了！我為我媽感到不值得，也為我妹感到可憐，如此年幼就失去母愛。

我媽過世時，我爸答應我這輩子不會再娶，只會守著我們三個女兒。但是，過不了半年，他就在大陸再娶了，繼母至今都沒來過臺灣。而她也「很爭氣」的為我爸生了個兒子。

現在，我爸在臺灣有個女友，在大陸有個老婆，享盡齊人之福。

我已二十八歲，也組織了自己的家庭。但我很擔心他的身教會影響我兩位年幼妹妹，造成行為偏差，所以我常回娘家看顧。每次回娘家看妹妹，看到爸爸的嘴臉都讓我感到無比噁心。

這麼多年了，這個傷口只是被蓋著，一直沒有好。恨我爸連我懷孕時都對我百般刁難，恨他連一點家庭溫暖都不願意給我，恨他的自私帶給我們的痛苦。我持續的恨他，傷口越來越深……

一

回

　　一個一輩子都拿要拚個兒子而不斷外遇的爸爸，一個一輩子拚了命不斷懷孕來挽回老公的媽媽，這是被困在過時傳宗接代的觀念害慘的夫妻。他們都是這樣的觀念下的受害者，兩個都用很負面的方式，在面對人生重大問題。其實無關外遇，也無關感情。

　　也許妳很恨爸爸連對媽媽的生前最後的承諾都背叛，妳更恨他對妳和妹妹們的長期忽略，不過恨的盡頭就是不寄望了，像個陌生人一樣的輕鬆與不來往，不也是份禮物？妳媽媽當時若能這麼想，也許就不會被爸爸騙，不會一直懷孕，又一直期待爸爸改變。

　　很多感情都是被過度期待傷到的，明知他做不到，何必去期待？

　　目前妳最掛念的是妹妹，妳若能做出榜樣，把恩怨情仇都想成是妳上一回合的人生大考，這考題最重要的是要妳領悟，不要把自己的人生丟給別人去完成，尤其是家人關係。少了依賴就多了獨立。妳要從媽媽的經歷裡去得到教訓，他們留下的傷痕不會只有爸爸的力道，理性看待，勇敢面對。

　　這錯綜複雜的情節背後都有懦弱的人性在攪局，那

些都不用去釐清，那些都有他們各自的心甘情願，所以爸爸才始終不離婚，媽媽也死不放棄，他們也許都給不了彼此要的溫暖，才變成這樣的。

不要怪哪一方。感情的事，哪裡可以怪，哪裡不是自己先病態才引來一堆傷害。

姐，別合理化男友偷吃行為！

—

問

我真的很捨不得看我姐姐這樣傷心難過……

姐姐跟她男友交往已經五年多了，感情一直滿穩定的，她男友跟我們家人的互動也都還不錯，不菸不酒，品性方面也都很好，我爸媽滿喜歡他的。我姐他們已經有結婚的打算。

但她男朋友經濟狀況一直不是很穩定，所以他在去年的五月決定赴澳洲打工賺錢，到現在也一年多了。我姐也打算在今年六月跟隨她男友的腳步赴澳洲打工，現在臺灣的工作已提出辭呈（留職停薪），原本的租屋處也要退租了。她打算去將近一年，明年他們倆一起回臺灣後就結婚。

但前陣子我姐突然向我求救，原來我姐發現她男友在澳洲打工期間偷吃女同事（之前無偷吃、劈腿等不良紀錄）。他們才認識五天，但已牽手跟接吻，至於有沒有上床，男方是極力否認。他說，那女生五月就回香港，他只是抱著玩玩的心態，他向我姐道歉，想

要挽回。

　我姐剛開始不想原諒她男友，她很受傷，無法接受。但她又放不下，無法說分手就分手，不知道該怎麼辦。後來，她男友覺得愧對我姐，答應分手，反而是我姐不願意了。

　我覺得我姐幹嘛這麼可憐，明明做錯事的是男生，為什麼現在卻是我姐求他不要分手，就算我姐再怎麼愛她男朋友，但我覺得他們是都要論及婚嫁的人了，男生竟然還偷吃，難保婚後他會乖乖的。人家不是說偷吃有一就會有二嗎？

　但我姐說，他們在一起五年多的日子，男生付出的遠多過於我姐的付出；我姐在她男友去澳洲打工期間，有時候會因為上班很累，不想講話，所以對她男友的態度比較冷淡，她猜想，是不是因為她讓她男友缺乏安全感，加上他一個人在澳洲寂寞沒人陪的關係，所以才會偷吃。她說，她能理解他的行為，自己可能也要負一點責任。

　天哪！我姐是在合理化她男友的偷吃行為嗎？我勸我姐別去澳洲了，但我姐還是堅決要去。她說，她要飛去澳洲找他講清楚說明白。我覺得我姐卡在五年多的感情，不想放下也放不下，而選擇睜一隻眼、閉一隻眼，我該怎麼勸她呢？我姐是不是不應該跟她男友

繼續在一起了？我姐現在該怎麼做，對她來說才是最好的？

一

回

　　妳為妳的姐姐打抱不平，因為妳一直認為妳的姐姐是受害者，但感情的世界裡受害者這個身分都是自己的選項，並不是誰賦予的。

　　如果妳愛一個人有妳的底線，比如這個底線就是他外遇，比如這個底線是他對妳施暴，比如這個底線就是他沒分擔家計，比如這個底線就是不愛了。不管妳的底線是什麼，萬一底線被衝破了，妳能不能堅持妳當初設定的保護底線？不然讓妳受害的是妳自己。

　　當妳的姐姐說這段外遇她可能也要負一些責任時，就表示她想調整一下底線，她想挽回這份感情。妳認為不合理的事，都只是站在是非對錯的法官立場，既沒感情也無人性，更不懂尊重人的基本人權，妳的思維是站在沒有彈性的僵局。如果愛一個人有那麼硬邦邦的準則，那妳就該有鐵一樣的執行力和不要後悔怨恨的心態。

　　任何感情問題都像重感冒一樣，妳是要對症下藥，

還是在第一時間怪來怪去？如果五年多的感情是妳認定的捨不得的投資，那麼妳就很可能忽略到對方也是相對的付出。不要一出問題就推翻整個過去，並把曾經變成帳冊一般討論，這樣的角度看到的，都是自己很痛苦也很仇恨的一面。

姐姐想再試一試，卻被妳們這些旁人搞得試不試都會是地獄，這也是姐姐的男友現在不想走下去的原因，因為這個姐姐已被妳們的用力拉扯，變成了魔女。魔女早把他的男友嚇壞了，這個局真的臭了。

奉勸妳們這些自以為幫家人討公道的人，愛是不能勉強的，愛是隨時都有競爭者的，愛是要有能力放手的。沒有以上的認知，妳的忠貞就只是紙上談兵，妳的天長地久就是一種不切實際的奢望。

要尊重妳的姐姐是個大人。要愛情不受傷，需要的是受傷的時候有能力離開，而不是怨怨怨怨怨。不要再介入妳姐姐的感情事了，妳要從這點學起。

老公佯裝未婚交友

——

問

　　結婚兩年多了，就在八月底，因為要打電話向餐廳修改訂位資訊，於是拿起老公的手機回撥餐廳電話，當時也不知為什麼，從不查看老公手機的我，順手點開的 LINE 的通訊紀錄，發現老公和一個我不認識的女子的對話內容。

　　對話中，有親暱的互稱，幾乎每天早上老公會向她問候早安、睡前問候晚安，還互傳一些私密的照片。老公竟還佯裝他未婚但有女友。他們剛開始的對話，像是剛認識的朋友，老公一開始不知道這個女生的名字，還是在對話中問起的。慢慢的，他們分享彼此歷任男女朋友的過去，噓寒問暖，後來我老公甚至還留言說想她、想現在就在她身邊……

　　發現這件事之後，我整個腦袋空白，不知道該找誰討論，不知道要不要直接攤牌詢問老公，每天心情低落，偷偷躲起來哭。在掙扎了兩週，老公發現我悶悶的，大概是他心裡有鬼，開始對我非常好，還說他很

愛我。但當他對我越好，我就越往壞處想——他是不
是做了什麼更對不起我的事情。

發現這事後，我想要再追蹤他們之後的對話，但
就在老公發現我悶悶的之後，他就隱藏對話紀錄，甚
至刪除紀錄。但我知道，他們至今還是有互動。因為
就在我寫信給老師的現在，他抓到時間，在看手機訊
息……我猜，他們應該是天天都有對話。

從老公的日常生活作息看，我認為他沒有什麼機會
私底下和那位女生見面，我甚至覺得他們沒見過面，
因為他們的對話中，不時會提到兩人如果見面的話題。
但是，會不會是我沒發現？

老師，我該如何處理這件事情？我該直接詢問老公，
還是繼續裝作不知道，默默的觀察？但又害怕默默觀
察到最後，他們真的發生了感情，我該怎麼辦？

一

回

默默觀察是一條辛苦又殘忍的路，因為痛了也不能出
聲，因為苦了也不能放下。不能出聲是害怕出聲後收
拾不了殘局，不能放下是恐懼放下後是更苦的空虛。所
以空虛才是妳的死穴，收拾不了是妳的決心出了問題。

　　會空虛是因為妳在一開始愛的時候就賭太大，賭了
後半生和妳原先有的獨立。很多結婚的女性都是在改
造自己的生活型態和生存精神，不是為感情而結婚，
她們反而在這婚姻裡最輕易犧牲掉的就是感情。比如
為了保有婚姻、為了孩子、或為了面子，鮮少有人為
了感情去單純奮鬥。可見這個婚結得非常複雜，有太
多太多其他的願望。

　　要打這個仗，妳就要清楚如果妳只要一樣妳會要什
麼，什麼都放不下才讓妳什麼都得不到。如果妳重視
的是愛，妳就能拋開其他顧慮跟他表態，是妳怕把事
件攤牌後回不到過去，才卡在半途，怕失去的心態有
什麼能力談判呢？

　　睜一隻眼、閉一隻眼是建立在不貪心之上的，就是
明白自己只要什麼，那些過去什麼都要的心態可以調
整了。要那麼多的意義在哪裡？是要到幸福，還是要
到過累又過疑的責任呢？

　　是的，他就是外遇了，也許只是精神外遇。但外遇
發生時，就是你們應試的時候，這是你們的共同考題，
不是他的反省測驗。婚姻發生問題時，如同颱風來了，
是你們一起奮鬥的時刻，也可以是大難來時各自飛。
通不過考驗，就勇敢接受，都比妳現在什麼都在意、
什麼都不敢面對要好上一萬倍。

老公愛 3P

一

問

老公和我說，他想和一位女性友人玩三人性愛，那女性友人喜歡兩男一女。他問我可以去嗎？我答應了，但心裡不開心；可是不答應他也會偷偷去。

那女性友人要我老公從吃飯、唱歌、喝酒，陪到性愛。這樣的過程，感覺就像情侶，又像是對小三的陪伴。若只是單純性愛遊戲，我可以接受，但需要一整天的陪伴，我就會不開心，總覺得這是一個危險關係。

是單純的性玩伴，還是外面的女朋友？答應與不答應好像都不對。我要如何面對心魔呢？

一

回

　性愛，本來就有很多選項，像美國《欲望師奶》影集的其中一對夫妻那樣。他們是人人稱羨的模範夫妻，但終究還是被老婆發現了老公外遇，追蹤之後發現老公原來是 SM 的追隨者，他沒法和老婆坦承自己有這癖好，所以自行暗地解決。可見在我們的婚姻觀念裡，愛跟性都被狹隘的定義著，以為全世界的性愛就是這麼單一。

　不管是交換伴侶，不管是 3P、4P，不管是無性夫妻，只要是彼此能溝通、互有意願。或許有人會質疑，這樣的夫妻還算是夫妻嗎？但婚姻就是個豪賭式的實驗，妳只是躲在妳以為的一把抓的安全感裡面，食衣住行育樂哪一樣不充滿變數？不要被這局面嚇到，唯一辦法就是不依賴他給妳什麼幸福，並且告訴他妳的選項。

　所以，這是個跟性愛無關的問題，是妳是不是有選擇權的問題。

　當妳怕不答應讓他去，你們的關係就傾斜了，就像妳講的，不讓他去他可能偷偷去的邏輯。要解決這樣的不安，妳要先回答這個問題：妳為何不敢不答應呢？

也許妳現在怕的就是他的心會不會被那女的帶走了，也許妳會怕妳的答應會開啟永無止境的麻煩，怕已證明你們的關係有多空洞。其實妳不會再多失去什麼了，妳可以問老公以下的話：

如果我不答應你會偷偷去嗎？你能想像你的妹妹被妹夫要求這樣做的心情嗎？如果我也想跟另外兩男玩3P，你答應嗎？如果我成全你並跟你離婚，你會怎麼回應？

如果妳能心平氣和的問老公這幾個問題，仔細聽聽他的回答是怎樣的態度和道理，這樣不管你們後來如何，妳才有機會讓妳過度依賴他的婚姻，有了自己。

同時愛兩個人？

——

問

我有男朋友，但是我們感情不是很親密……相處上也不是我想要的模式。曾跟他溝通希望他如何對待我，他很被動也很保守，但是我發現他有在努力，有些微改變。我曾思考過離開他，但是我沒辦法，因為他太有魅力了。

前陣子，我認識了 A 男。我們的價值觀相同、興趣相投，他對我無微不至。這就是我想要的！但他卻少了一種魅力，讓我像喜歡我男朋友一樣的喜歡他。但是，他對我好得讓我幾乎要淪陷了……

我不知道該怎麼辦？老師，有可能同時愛上兩個人嗎？

A 男不知道我有男朋友，我也不想在自己還沒確定前傷害他們。我該怎麼做，對彼此都好呢？

一

回

為什麼愛上一個人以後，就會發現不喜歡的部分根本無法扭轉，而且自己無法不在意，是要等他改變嗎？還是別浪費時間，趕快找下一個？會這麼慎重其事的想，是因為大家都太想把自己對感情及未來生活的期待，跟這個人綁在一起，於是不喜歡的部分一旦沒法消滅，就會連帶將很愛的部分也推翻。

是不是不合理？把妳對他輕飄飄的愛承載那麼沉重的期待，合理嗎？他的魅力給的還不夠嗎？妳不能單純的享用這個魅力嗎？還是還要他對妳主動、對妳父母有孝心、對工作有創作力……太貪心的結果，就會變成妳期待得很累，他被期待得很莫名其妙。

即使已成了男友，妳還是可以分成三個階段來驗收他：是不是感情沒有變壞變冷、是不是相處能夠彼此尊重、是不是對下個階段有共識。如果有一項不符合，請理性放下，不然妳的任何問題都是無解。

這個時代，會鼓勵妳去找一個相處舒服的人，這是必選題。因為舒服，就代表你們能力和程度相當，就代表愛會有舒適的位置留下來，就代表你們原來的生活沒有因為同居或結婚而品質敗壞。不管妳選誰，都

只是妳生命中幾站的旅程。

　　妳該注意的是，當妳進了車廂內和他相遇的那段時間，好好相處，好好珍惜。有了好的分開，就很有機會有再見面的好感期待。

　　他就是一個已養成很多固定習慣的大人，妳何嘗不也有自己的固執？就這麼想，這個車廂，那個車廂，看不同的風景，等到有天有人要妳別再去別的車廂了，想跟妳共度一生，那時妳再來問我。

　　我會跟妳說，共度一生是份誠意，表示他願意為妳去天上摘星星而已。妳若要接受，還是要有很獨立生活的打算。

感動？心動？

—

問

　　我三十歲，有一個交往一年多、快兩年，但經歷兩次分合的男友。心裡面並沒有非常認定對方，沒想過和他共組家庭，原因包括他的原生家庭問題多多。除此以外，他很喜歡與我討論對未來的種種規畫，可是在他把我放進藍圖裡的同時，卻給我莫名的壓力。我父親住在養護所，母親罹患憂鬱症，我必須負擔家庭所有生計，但他希望我將來一起付房貸，問題是我沒那經濟能力啊。或許是因為不夠喜歡這個人，因此害怕共同規畫未來？

　　他對我很好，也很關心和照顧我，只是他的脾氣強硬，一旦我們價值觀不同，他是不可能妥協，而且會陷入完全無法溝通的狀態，即便是理性的說明我的想法，他也一樣不接受。我知道自己不夠愛他，卻沒有勇氣離開。

　　前陣子，認識了一個香港朋友，意外的發現彼此很聊得來，許多想法很契合。當然，因為只有一天的互

動，所以一切都顯得那麼美好，甚至生平第一次動了
「可以結婚」的念頭，在這之前，男友與我討論時，
我只覺得壓力很大。後來，我們保持聯絡，常常聊天。
聊著聊著，對方說他非常喜歡我，很希望跟我共組家
庭。如果可以他想發展已經經營一段時間的臺灣工作，
便可以到臺灣定居，和我相守。在他真情告白後，我
們儼然就像男女朋友般的互訴情衷了。

　其實我們對彼此的生活一點都不了解，也沒有任何
的交集。我是不是一時被短暫的美好蒙蔽了？因為美
好，而覺得自己也喜歡對方？這樣的喜歡，我該怎麼
面對呢？

　三十歲，不上不下的愛情；想離開沒有勇氣，想愛
也沒有勇氣。

　對男友不是不愛而是不夠愛，到後來甚至多出了感
謝和感動，可是再多的感動也比不上心動，不是嗎？

一

回

不要以為夠愛他，妳就比較能忍受他，忍受都是會在往後算利息的。妳只是像很多人一樣，好像提分手前都要先自責一下，不然自己就會是禽獸。

每次妳在分析你們之間的問題時，心底就會傳來一個聲音，要妳記住他的好，為了做個不那麼不負責的人，於是問題又被擱置了。

婚姻有很多現實面，他有權力堅持他的底線，妳也該清楚妳的立場，這些現實面千萬別拿恩情來敷衍。妳不是不夠喜歡這個人，是這個人提出的條件會讓妳喘不過氣來，而且他也感受不出妳的喘不過氣，所以會有後面這個人的出現是遲早的。

這個人的優勢在於他帶給妳的未來的消息都是輕鬆的，都是他配合妳，甚至給妳舒服又爽快的計畫。一如妳想出國去旅遊，但男友提的行程都帶給妳很沉重的負擔，妳還會想去嗎？這麼沒有彈性也沒默契的為妳好，不知好在哪裡？

會讓妳有結婚念頭的，絕對跟感情無關，而是他能不能讓妳有輕鬆安穩的感覺，能不能讓妳達到不一樣的願景。不過，從妳和男友的現況去對照出另一段感

情的輝煌要小心，小心在需要照料雙親的沉重負擔下，婚姻對妳的另一半可能是重擔，請別依賴熱戀時的熱情做終身的決定。

　　或許妳現在最需要的是恢復單身，而非結不結婚。學著分手，學著在分手前想想在這段關係裡，自己做了哪些值得回味的事，這些思考重於關係。既然結婚，可能還是要把很多方方面面算清楚，不如獨立一點的相愛，不一定要考慮婚姻。

　　能把愛情和其他分得清楚的人，才是會保護愛情、重視愛情的人。

師生戀，地下情

一

問

我是將滿十八歲的高中生。我介入了授課老師和未婚妻的感情……

在學校，我是他的小老師，因此我們常有機會獨處，甚至課後我也會去找他。有一天，老師載我回學校，向我表白他的感情……他已有個論及婚嫁的女朋友了，但我還答應了他，和他在一起。假日時，我們偷偷去玩，也發生關係了……我的第一次，給了他。

他和他女友預計一月中要訂婚，婚紗、喜餅都選好了。但他和女友常常吵架，所以把訂婚日期延後了。後來，他女友發現他手機裡有我的照片，打電話來質問我，但我抵死否認，直到他女友無意間發現他的行車紀錄裡我倆的對話……

這件事對他們造成很大的傷害。他覺得對女友很愧疚，想挽回她、和她結婚。他要我等他一年，若他跟女友最後沒有結果，他就會回到我身邊。我很痛苦，我很愛他……我很糟糕，破壞了他們。

現在放假了，他完全無消無息，只說過會保持聯絡。我知道，我在這個年紀，做什麼事、講什麼話，都沒資格、沒分量，但我也已不是小朋友了，心裡的感覺也是清楚的。當他選擇挽回女友時，我心裡很難過，但他有結婚生子的壓力，身不由己，我是該體諒。我答應他，一畢業就嫁給他，但這些都是天方夜譚了吧！

老師，我真的要等到他結婚了，我才放棄？但他一直表示不管發生什麼事，心裡都有我，他要我先專心念書，等實習後再在一起。開學後，我們還是會見面，真的不知該如何是好？

一

回

從妳的來信中可看出，妳並不是太天真的人，妳甚至清楚妳傷害了其他無辜者，妳只是離不開他。這也是法律會禁止成年人和未成年人談戀愛的原因。因為你們可能會因此不顧一切放棄學業、投入婚姻，但你們這年紀最重要的任務就是打好一些基礎。你們往後的人生需要有獨立的能力，沒這些能力，萬一他又像對他女友般也對妳沒感覺了，妳怎麼辦？

其實我並不懷疑他對妳的愛，只是這麼不想太多的愛，會令人懷疑有這樣的心態的人，怎麼會是個有能力保護妳的丈夫和孩子的爸爸？

如果妳能放下他，相信妳會找到一條出路；但如果妳放不下他，就算妳知道他講的話都是假的，妳也會選擇認命。因為認命是最簡單的逃避，這點你們很像，但他不可原諒。如果他真愛妳、真要跟妳一輩子在一起，他就會比旁人更保護妳未來的每一步，比如保護妳不變成第三者；他真要有決心跟妳一起，就該等到他解除婚約再和妳發生關係，而不是不管妳可能因這事件爆發而被退學。萬一妳父母也知道，妳不覺得事情被他搞得越來越複雜越困難，這樣的人不會只有在

這件事上幼稚，所以他會引起的爆炸，可能如下：

相信這麼不想太多、連妳父母可能有的反應都不管的人，他也不會對他的女朋友成熟到哪裡去，所以很可能他的女友會鬧到學校，因為妳是未成年就跟他在一起，他不但會失業，更可能上新聞媒體頭版，因為這是最有新聞價值的新聞，論及婚嫁的老師誘拐未成年班上學生的醜聞，這個標題會讓他在人神共憤下關進監牢，而妳跟他也不會有未來。不要以為只有名人可以上《壹週刊》。

連大人都會被愛搞得失魂落魄，甚至任由同居人強暴自己的女兒，妳就知道愛很可能是種嚴重的病，讓妳失去保護自己的基本能力。妳不是不知道他是怎樣的人，妳只是像很多母親的心情，就算孩子是殺人變態狂，妳還是希望給他一個改過的機會。這個心不是不好，是對他對妳沒有幫助。他只是想盡情的愛妳，他沒能力關心妳可能會遇到的問題。

放不下的時候，更要謹慎，不然，等事情爆炸，妳只能接受放不下的放下。

令人窒息的婚姻

一

問

　　我結婚近二十年，從兩人認識到結婚，我覺得我就像是被關在籠子裡的小鳥。在外人的眼裡，我們是很恩愛的夫妻，擁有美滿的家庭，但我從沒有一個人出門過。我的同事有時候會約我下班一後起吃飯、聊天，但妻子一概不准；我的 LINE 沒有女生朋友，只要有，馬上就被妻子刪除，因為她每天檢查我的手機；就連我上班的一舉一動，她也都要掌握，讓我沒法喘息。

　　每天下班到回家，只要晚了五分鐘，她就說我去拈花惹草。最近，我們常為了一些小事吵架，她一直說我以前都不會反抗，為什麼我變了；每次吵架，她就說要離婚，我也知道她是說氣話，但每次都說離婚，聽得我都煩了，我說，好，要離就離吧！沒想到，她居然要跳樓……我去上班的時候，她打電話給我說，因為我要離婚，所以她不想活了，要燒炭自殺，還傳木炭的照片給我。

　　我好怕，壓力好大，就連我女兒也告訴我，不要理

媽媽，如果媽媽怎麼了，她會告訴家人媽媽是怎麼死的，不是我害死的。老師，我真的想帶著我的女兒逃跑，不管她的死活。我常看老師回答網友的問題，大部分都是女網友的問題，而我是一個男人，又是一個老男人⋯⋯我該怎麼辦？希望老師能幫幫一個彷徨的老男人。

一

回

　　我們習慣的主流感情步驟如下：當雙方都認定這是一段認真的感情後，就會在第一時間全力的投入，不管你還不明白這個人在婚姻裡的樣子，不知道她遇到壓力會是什麼反應，不懂她在漫長的時間裡會有什麼變化，雙方就約定要天長地久到老不分開。會發那麼大的誓願，憑的就是自以為的愛。

　　所以讓你的老婆如今那麼怕失去你的源頭，是你和她一起努力造成的。因為傳統和輿論會告訴你們要執著、要犧牲、要成全，但是你的老婆畢竟不是瞎子、也非聾子，她看到、聽到太多婚姻和男人壞的實例，於是她扭曲了自己的理智去相信這個她力求完美的婚姻，才會不相信你、偷看你手機、盯死你的行程，又

逼著你做到忠貞和事事回報。時間久了,她沒發瘋,是因為遇到一個凡事容忍的你。

沒有人敢説你的老婆生病了,因為太多這樣的妻子,把自己的人生廢到沒有自己,再去依賴在一個不相信不會亂搞的男人身上,這麼長期的不放心,只為了一個符合大家期待的口號。無人敢檢討這婚姻的弊病,無人敢檢討這妻子的暴行,任由一代又一代的狀況擴大,甚至冷漠的不覺得這是個問題。

你想要帶著女兒逃跑,這個畫面你要記住,這才是你婚姻的真實樣貌。為了滿足妻子的暴力折磨,你除了讓你的妻子越不能離開你,並沒有因為忍耐而讓事情好轉。

其實你的狀態和妻子一樣,她離不開你和你放不下她,是勢均力敵的。不如換個態度接受她,想像她是個病人,需要你每天花時間照顧。像她這樣的病人,長期以來習慣撐起表面的幸福,所以你給她罐頭式的幸福,也許就能滿足她了。每天回家就把手機給她,讓她查個夠,等她查完就對她微笑説,我很乖吧!當她盯著你的行程,你就想是在跟她玩警察捉小偷,她就笨到只會在意這兩、三件事,她真的很好搞定。

她是你的病人!要記得,不要再定位錯誤了。

轉身獨旅

不要那些特定的身分和頭銜，人與人之間的長途同行，才可能永遠，

而且是每回回想都是那麼幸福的永遠。

自由了，心卻空虛……

——

問

　　如果早在幾年前看到這本《重返單身》，相信我能早一點重返單身。

　　六年的戀愛，曾經論及婚嫁，而在二〇一三年，因為價值觀的差異，及您所不屑的忠貞，我選擇了放手。

　　我以為我自己會因此有很大的悲傷情緒，或是在夜深人靜的時候大哭。意外的是，我都沒有。原來重返單身的意義是讓心自由，是嗎？這是您想告訴我們的意義嗎？

　　但自由了，有時候卻覺得心很空虛，是怎麼一回事？找不到自己放不下的原因在哪裡？離開需要原因嗎？放下一段關係，需要原因嗎？

　　我突然不知道怎麼重新去感受戀愛了，我竟然覺得無助了……

一

回

心自由以後，不是就與空虛絕緣，不是就不再寂寞，不是就沒有難過。是那時的心不再是因為求全而空虛，不再是因為怕失去而寂寞，不再是沒有自我而難過。

離開的原因只有一個，就是不讓曾經彼此相愛的兩個人走到相怨，所以不是離開他，是離開那個長期不舒服的狀態。沒有怨，沒有陰影，妳才能真的離開，否則就會被埋怨綁在那段回憶裡。即使已離開，心卻仍深陷那個糾結的泥沼。

重新戀愛的心態並不是用來擺脫上一段不堪的戀情。重新是因為妳還有生命力，妳可以再一次呼吸到讓妳忘記全世界的氣味，妳可以再一次找到給別人溫暖的慷慨，妳可以再一次擁抱那怦然心動的滿足。

這些能力非得要遇到一個奇蹟，奇蹟來時，妳會衝動也會擔心，但不要過度恐懼。恐懼是應該的，就是因為怕，才顯得出妳這個在意有多麼尊貴。所以不是無助，是下一段戀情即將來臨。

誰遇到愛情不自卑呢？因為愛情是要讓妳看見偉大。

感恩愛過我的他……

問

我今年二十二歲，初戀結束了。因父母親的阻擋、自己初次戀愛的不成熟，加上遠距離，我們和平分手了。他很勇敢的告訴我，他沒那麼喜歡我了。

分手後，我們沒聯繫。半年後，我傳了簡短問候訊息給他；他告訴我，別再聯繫了，他有女朋友了。現在，連朋友的情分也告一段落了，心裡難過吧，但我很祝福他。

在我療傷這段期間，謝謝老師的書，讓我的視野更遼闊、我的心境更自由了。每一本書、每一章、每一頁、每一字，都讓我看到我的不足。我已不再責怪我的父母了，也把您的書《母愛真可怕？》與他們分享。

因為閱讀，啟發我更努力的讓自己有能力為自己負責，完全獨立，並好好享受我下一趟愛的體驗，溫柔對應，讓我成為更有魅力的人。緣分，是強求不來的，但人生未到盡頭，故事就沒有結局，但我要編寫得漂亮。

　　謝謝您的書，讓我成長了，我更透澈自己的誤，更
感恩愛過我的他，美好的回憶……

一

回

　　真正能讓妳幸福的是成長，不是人，不是美好的關
係。

　　妳有沒有發現，雖然妳沒得到當初妳想要的結果，
但參與這事的每個人都得到了正面的成長。男友勇敢
的對妳誠實，父母也勇敢的反省，而妳也勇敢的放下。
只能說，這樣的落幕，太幸福了。妳很幸運。

　　原來這堂課是要妳透過放下，去遇到幸福。

期盼一個人的自由！

───

問

　　先生是在高二時轉來班上的同學，會和他在一起不是因為喜歡他，而是不知道怎麼拒絕。在同學眼中，我們根本是不可能的組合。我是乖乖牌學生，他則是老師的頭痛人物。但，我們莫名其妙就成一對了。

　　在校期間，只要稍有不順意，他不是打老師，就是打同學，我也完全不敢跟他有任何爭執，我暗自期待著畢業。心想畢業後，就可以不再見面，分開了。不爭氣的我，在還沒畢業前和他發生了關係。在我的觀念裡，女生的第一次只能給老公……就這樣，等到他退伍，我們又莫名其妙的結婚了。

　　我們的感情並沒有因此更好，我依舊忍耐著他的躁鬱症跟暴力傾向……

　　兩年後，我們有了孩子。我把專注力放在孩子身上，他卻視孩子為情敵，從未好言相待過。孩子的青春期、叛逆期，都是我陪伴著度過。如今孩子長大了，不再那麼需要我了，我又重新正視我們之間的感情，才發

現，時間並沒有讓他變得溫和，也沒有拉近我們的距離，我們似乎又離得更遠了。

他知道我想離婚，知道我放不下孩子，只要我跟他提分手，他不是自殘就是傷人，他要讓我內疚。他的精神轟炸對我來說，每天都是折磨，因為他知道我一直想跟他離婚。

以前的我很害羞內向，拜他所賜，我現在堅強而獨立。在這段關係中，我有三分之二的時間，都在思考怎麼跟他分手……我不是沒有努力改善兩人關係，但是我們的價值觀差異太大，愛的基礎太薄弱。

現在，孩子夠大了，可以保護自己了。而我太期盼一個人的自由了，我該怎麼辦？

一

回

自由，誰都給不了妳，因為自由是一種心境，不是離開一個籠子後的海闊天空。

雖然妳只用一封信的長度，就說完妳和妳這麻煩老公的一路恩怨，但妳還是用了莫名其妙的付出，走了那麼長的旅途，過程儘管悽悽慘慘，但也意外雕塑了妳的堅強和不再乖乖牌。

人生的功課也許可以反過來看，看看受傷是要教會妳什麼，想想緣分是要考驗妳什麼。每個恩怨裡都有矛盾的情感，妳以為妳不愛他，可重點不是愛不愛，是在不愛的長期相處裡，都有一種感慨。他那些像是要置妳於死的刻薄話，真正意思是，他非常清楚他對妳做的一切爛事，現在只能用恐嚇，才能留住妳。

可是妳醒了，孩子大了，妳渴望自由！

要實現這個願望，第一個步驟不是想老公要不要放妳自由。自由不用他給，自由需要一個篤定的藍圖。妳要的自由是什麼？妳第一年想過的自由生活是怎樣的型態？是每一年換一個陌生城市居住，還是只是要遠離老公？這樣的計畫要花多少錢？這樣的旅途找誰同行？

細細想，莫像以前，什麼都不想就隨命運決定。一定要讓他看到妳打包行李離家的身影，讓他見到黃河，讓他清楚妳的決心。這個男人會如此死皮賴臉，是因為他對妳的各種暴力長期獲得縱容，如今變成只會對家人咆哮的小丑，這是他的可笑，也是妳的幫忙。

自由是妳給妳自己的承諾，與他無關；而他的幼稚耍賴，妳也不用同情，畢竟同情不是真的愛，久了又會變成另一道傷害。逼他獨立，或許是妳早該有的覺醒。

她到底有沒有愛過我？

一

問

　　我的學生告訴我，她是養女，目前租屋與房東共住，她的身世如何可憐……我覺得這個女孩孝順又有正義感，又有上進心，暗自覺得應該多幫幫她。

　　某天，她的唇突然撲向我，一切來得太快了……我已有交往多年的男朋友……當時，我迷失了自己……我們發生了親密關係……她是那麼的溫柔，那麼的體貼。意亂情迷時，她說，她希望我買項鍊送她，讓她可以時時刻刻想念我；她說作業好難，可以幫她寫作業嗎；她說學費好貴，要我贊助；她說希望我跟男朋友分手，她要與我同住；她自稱是我的老婆。

　　兩個月後，她說，她說了太多謊話，家庭、工作、課業無法兼顧，對我很抱歉，就突然不告而別了。我失落了，哭泣、難過……我想知道她到底有沒有愛過我？她為什麼要離開？

　　後來，我才知道她的房東原來是她的同性伴侶。她們兩人甚至指責我和學生發展師生戀，不配當老

師⋯⋯她鄙視我的眼神與她無情的話語，真的讓我完全崩潰，沒有能力招架，只能待在那任她倆羞辱。我更澈底失落了⋯⋯我對她的信任與同情，完全被踐踏與利用。她為什麼要找上我？難道她對我沒有感情嗎？

真實的她，不如她形容的那麼真誠善良，我無法接受經歷的這一切！我真的很痛苦。我該怎麼辦？

一

回

這是一趟奇幻之旅。

對照妳以往那種玻璃櫥窗裡的感情世界，大家只要按著步驟，就會走進溫室，安全成長，像罐頭一般生產著。但⋯⋯這次可是野生叢林生死鬥。

對的，妳離開了家，來到了街上，妳的快速上疊並非都是被她主動，有一部分來自妳的渴望，尤其是妳有男朋友，更讓妳明白從男人那兒得不到什麼。妳的受盡羞辱，是因為妳不習慣這道上的語言，一如迪士尼卡通《小姐與流氓》的劇情那樣。

這都是愛的代價啊！沒什麼，妳的學生會這樣對妳，就表示她在更早以前就被這樣對待。不用大驚小怪，

這是叢林裡的愛情會有的肉搏戰，因為少了法律與道德的認同與約束，愛情的生存法則就會顯得殘忍與曝露，這與善良不善良無關。這是因為她們不像妳那麼好命，從很小的年紀就得去經歷這些赤裸裸的現實，所以原諒她們，也同情她們吧。

　　這趟奇幻之旅，來得很驚天動地，去得也不會平靜無波。這都是難得的經歷，會幫妳打開更高層的視野，只要妳能往正面、不假設對錯的方向走。先別下定論，一切都是經歷，勇敢往前走吧！

用冷漠包裝自己

一

問

　　我今年三十三歲，安眠藥史十五年。當初，先有後婚的父母並不受到雙方家長的祝福，但他們彼此相愛，決定生下我，四年後生下弟弟。那時的我不懂，為何姑姑她們都叫我雜種，有時會拿菸頭燙我、拿麻將尺打我……後來才知道，她們因為我是先有後婚的孩子，而不承認我是父親的親生小孩，但她們對我弟弟卻疼愛有加。從小，我就特別沉默，有點口吃，連話都說不好，也有自閉症。

　　父母小學沒畢業，做工的父親染上賭博惡習，輸掉一棟辛苦賺來的房子後，我們租屋生活。每晚，只要父親賭輸回家就會打媽媽、摔東西，不到十歲的我就要負責收拾，日復一日。直到有天晚上，相同的打鬧劇情上演，只是這次結局不同了，他們要離婚了。

　　隔著木板牆，我聽他們為搶弟弟的監護權爭吵不休，卻無視我……這麼多年，我連流淚都不敢出聲，以為只要默默的付出，就可以得到一點點的關愛。

　　倔強的我為了不被瞧不起，每天念《國語日報》糾正發音，努力念書，國二時考上升學班，在畢業前夕，為了錢，父親跟母親說要我國中畢業就去工廠做女工。我不甘心，求母親讓我繼續念書，我承諾會考上國立高職，並且自己付學費。

　　推甄的筆試和面試對我來說並不困難，上高中後，我白天上課，晚上打工，半夜應付父母的家暴，爾後母親酒喝多了，自殺了幾次我也數不清了，幸好還有舅舅跟外婆協助。

　　高中畢業後，開始工作，每個月最少要拿一萬回家，姑姑、叔叔甚至叫我去酒店上班，讓家裡的生活可以好過些。我明白自己的忍耐已到極限，知道自己病了，所以求助精神科醫生。我害怕睡覺，怕一睡著就會傳來父母的打鬧聲，我就要起來收拾……

　　二十三歲以前，恨，是我成長的唯一動力。二十三歲時，父親罹患肺癌第四期，醫生說他只剩三個月生命。那時，我白天上班，晚上念夜間部，下課後還去PUB打工，下班已是凌晨三、四點，見著父親一人坐在黑暗中自言自語，我陪他說說話，洗個澡，接著又要再去上班了。他病了三年才走，醫生都說是個奇蹟。

　　他走前，在急診室問我，為什麼要對他這麼好。我說，因為你是我爸爸。那年我二十六歲，我弟二十二

歲。窮的人，沒有悲傷的權利，為了喪禮，四處求助。
我從不在母親面前哭，因為我要勇敢，才能撐起整個
家。父親病著那三年，全家只有我一人工作，為了龐
大的生活開銷，下課後我到酒店當公主。我很明白，
酒店的幹部對我好，是為了洗我下海。這些日子錢賺
得輕鬆，也沒有客人敢對我亂來，這樣的恐怖平衡對
早熟的我來說，不算難，錢，的確好賺，但目標明確
的我賺到了就走了。

　或許是缺乏家庭溫暖，前兩個男友年紀都大我八、
九歲，可能因為年紀相差較大，也對我很包容，很疼
我，可是他們很想結婚生子。但吃了多年安眠藥的我
還能生出健康的小孩嗎？跟醫生討論過後，我選擇了
分手。第三任男友，認識十一年、交往三年。我們同
年，他特別懂我。在我們交往前，他母親是如此和藹
可親；交往後，卻在我男友不在時，無所不用其極的
羞辱我、使喚我，只因「錢」。因為男友的前女友的
父親是外交官，母親是富二代千金……我忍了三年。
因為男友真的對我付出了所有，甚至不惜與他母親翻
臉，他母親逼他在我們之間選擇一個。我不希望他為
難，所以我離開了，我們再也沒聯絡，至今也兩年多
了。現在，我知道他有個要好的女友，我心裡難過，
但理性的我不可能去破壞他們，而不乏追求者的我，

總是沒有遇到對的緣分。

這十五年來，我曾自殺過、放棄過、酗酒、抽菸、濫用藥物……直到父親過世後，我正視自己的問題，開始與醫生討論減藥問題，雖成效極慢，但我依舊沒有放棄，挫折、沮喪、無能為力，也常占據我心中。父親走了，我已不恨，只是至今無法釋懷，我相信時間是良藥。

現在，人前歡笑、人後憂傷，已不再是我擔心的事，而是冷漠。我在工作上恪盡職守，卻對人事物都很冷漠，淡然以待。我發現，我害怕自己的冷漠、放空、無所謂。要怎麼激發我從沒有過的熱情，讓我對生命有所期待呢？

我也需要人陪，我也想要有個完整的家庭，卻又很害怕。很矛盾，或許內心深處害怕再次被遺棄，更怕孩子會變成另一個我，所以用冷漠包裝了自己。

一

回

就像《法櫃奇兵》那類的電影一樣，妳的人生是在一場又一場的荒謬打鬥下前進的，所以妳有很多經驗都跟收拾爭戰後的殘局有關，妳不知不覺中培養了很

多應變的能力。妳是個戰士，不是一般老百姓。

　　但妳仍被傳統老百姓的配備拘束著，妳還是相信婚姻裡的那些布局，雖然妳看到很多陰暗的內幕，雖然妳看到原生家庭充滿暴力、重男輕女、自私卸責、情緒化。

　　一如身在黑道的人一樣，很想脫身這看似義氣、其實都是心胸狹窄的欺騙的江湖，但身在其中久了，江湖以外的地方卻是容不下黑道。曾經的道德天堂，那裡也是被天堂包裝過的江湖，人性也是能自私就不大方。妳想要得到一個跟大家一樣的人生，雖然這樣的人生很像霜淇淋，融化得很快。

　　或許妳該調整的是自己對未來的想像，想像妳是不需要婚姻的人。對於一位從小就在叢林自生自滅長大的妳來說，根本不需要那些甜甜圈、糖糖屋的童話配備，妳要的是崇拜妳這樣獨一無二個性和經歷的粉絲。要不要小孩本來就該聽妳的，是那些裝著很聽公婆老公的話的傻女孩，才要捨棄自己的靈魂嫁到那些硬邦邦的家族裡。而妳的母親和妳的前男友的母親，也是那一群的其中一名，不是蠢、就是極度殘忍和醜陋。

　　一個人很好，不是嗎？是要掉進某種別人期待的模式，妳才失去妳自己，一如妳對妳的家人和歷任情人那樣……

我被拋棄了……

一

問

我被拋棄了。

因為自私,因為相信,我放棄了交往七年的男友,選擇認識十一年已婚的好朋友。但我錯了!他最後依然讓我親眼看到他辦了婚禮,選擇了他的家庭。《不寂寞,也不愛情》寫說,不要做吵、鬧、死的那種人,而我卻都做了!發現不在乎的人,不管妳做什麼都沒有用。

我離開了,卻無法把自己過得很好,每天必須吃藥才能睡覺。不想說,也不願說了,因為大家也聽膩了。因為好累,我假裝遺忘,選擇漠視……但我知道我是偽裝的,因為我恨,我很怕哪天自己撐不下去。我知道,我不是最慘的,但我還在努力中。

一

回

　妳沒有被拋棄！人是不會被任何人拋棄的，因為誰都沒法把自己全部賴給誰。妳只是跟他在某些時刻相伴，不管過去現在未來。妳也不是因為自私，是愛一個人就會自私，這自私就是妳的眼裡只有你們自己，妳渴望把他和妳的命運綁在一起，渴望越深越久，妳就會選擇相信妳幻想的一切，只是這次妳沒有實現願望。但妳還是嘗到了該有的慘痛和絢麗。

　要妳不要做、不要吵、不要鬧、不要死，是為了妳好，不是為了要抓住他。想抓住他就必須投他所好、避他所惡。妳知道他氣妳什麼嗎？妳知道他怕妳什麼嗎？妳不知道的話，妳就難得分。

　愛是一場實驗，實驗妳腦袋想要的東西能成真多少，別把結婚當作是這實驗的結局。妳該在意的是妳和他在這段旅程中創造了多少幸福，其他成敗不是你們兩個可以決定，太多天時地利人和的因素，妳把這一切混為一談，並拿它當標準，難怪妳會憂鬱、好累。因為妳的觀點很容易陷妳於不義，讓妳以為妳失敗，讓妳以為妳不幸，讓妳以為妳吃虧。

　我的看法是：妳還滿勇敢的，願意為愛往前追，因

為妳終於又相信愛了。不愛誰都不是罪過,但追不到愛時,要優雅退開,再尋新的旅程。這是愛一個人基本的禮貌,也是對自己最好的疼惜。很多人不相信幸福、不相信愛很久了。這是妳的大成功,不要妄自菲薄。

想想那些幸福的時光,想想這次妳有多勇敢!

享樂過後跟宿醉一樣空虛

——

問

　　我三十五歲，單身，工作與家人兼顧完美。我謹記您說經營感情的三守則：1. 活出自我；2. 不要求忠貞；3. 不結婚。以上我都認同。

　　近幾年來，談了幾次感情，交往的都是有女朋友的男人。我明白，我生活獨立，只是喜歡戀愛的感覺，也剛好提供他們正常關係中缺乏的情趣溫柔浪漫。每次都一拍即合，待感情深了，一起怨相見恨晚……各種理由都聽過了，最後他們都選擇回到女友身邊。

　　在現實社會無懈可擊的我，在感情世界越來越沒信心。我知道我是自討苦吃，享樂過後跟宿醉一樣空虛。

　　老師，您認同第三者嗎？所謂不結婚和多方交往是重疊的嗎？身為認真投入真心真情的第三者，是否能夠遵循「經營感情三守則」來維繫？

　　BTW，我最近又分手了。發現這種關係的我和他們，其實最愛的都是自己啊！

一

回

我認同第三者嗎？我一點都不相信人們賦予每個人的感情身分。這些身分太像一個面具，面具底下還有別的面具，不管是感情的面具、或道德的面具、或金錢的面具、或權力的面具，所以我一律不認同！

我比較相信人性下是多面的。不管妳得到過什麼，妳對於妳的行為是不認可的，這會讓妳一刻都不平靜。外表越是光鮮越顯內心殘破，這是問題所在——連妳都不支持妳自己。

妳很清楚妳得到過的溫柔與感動，妳也很明白對方滿足了什麼，但最後他們還是選擇了女友，是因為他們終究來到覺得該結婚的年紀，他們選擇的是結婚的伴侶，不是因為不愛妳或愛妳比較少。相反的，他們更覺得妳比較能帶給他們愛情。

這很公道，不同身分背負的責任義務不同，所享受的層面也會不同。妳得到了愛情，妳就會失去日子的安定；當妳得到日子的安定，沒有愛情是正常的。可惜包括妳的許多人，都不願面對這個現實，才會有妳的存在機會。那些安定的人啊內心並不安定，他們害怕給不了另一半愛情的下場。他們都想得很糟，於是日子才盡量維持表面的安定。

捨了，真的會得嗎？

——

問

我跟我喜歡的人發生關係之後，才確認我們兩個只是砲友的事實；但同時我們又透過交心，越來越堅固彼此的友誼。所以現在我們的關係，比起砲友，更像知己。

也許得不到的總是最美吧……得不到他的心，我只能緊抓著現在的關係不放。而他也有一個得不到的女孩，每當他訴說他的愛情煩惱，我總是又痛又憐的為他開導、想辦法，常常想到我自己都失眠了，只希望他能快樂一點，只希望終有一天，他不再需要透過我來排解寂寞，這樣我或許也解脫了。

但是，我一方面放不下與他的親密關係，希望他回頭看看我；另一方面又希望他趕快得到幸福，這樣我就不需要因為他受傷而受傷、因為他受傷而不忍。當他思念那女孩最深的時候，同時也是我最放不下他的時候，這段關係既甜又苦。

我明白我們不可能，我卻無法看向別的男人，始

終只能看著他為了別的女孩作賤自己。我是來討罵的嗎？還是我只是來找離開的勇氣。捨了，真的會得嗎？

一

回

其實，把感情關係分成砲友和情人或夫妻是很怪的。妳確定你們當時在做愛時都沒感情嗎？還是因為做了之後才發現不是那種感覺？誰會在第一次做愛前就知道這個人能不能長久在一起？或是妳真的認為有一種男人，就只想占妳便宜而已？

如果不愛妳，他跟妳做愛也不會快樂的。如果要談透過做愛來排解寂寞的話，反而是妳比較能排解，因為妳比較愛他。沒有愛，就不會寂寞；就算他寂寞，也是因為別人，而這不是跟妳做愛就能排解對另一個人愛的寂寞。

不要以為跟妳長久在一起就是愛妳，很多夫妻和情侶都只是生活在一起，沒有做愛，但並非沒有愛。不要把做愛的功能擴大成愛，那只是相處過程的小約會。反倒是妳都透過對他的關心來接近他，都是透過做愛來滿足他，甚至有一些不可思議的大方，比如希望他快樂一點，希望他找到理想對象妳就能放心離開，這

怎麼可能？

　真正的可能是，妳找到了一個很特殊角度愛他，就是陪他一起痛，妳也痛、他也痛，痛在一起如同病相憐。是的，這是妳的幸運，因為這真的是很愛情的角度。一如兩個在戰場上原本敵對的士兵，忽然飄流到一個孤島，你們的未來各有各的去處，但這段意外的緣分裡，妳愛上了他，也是他唯一的陪伴者。等到有天救援的船隻一到，一切就會結束。

　有期限的愛情，都很美，妳就是在這樣的狀況，恭喜妳。可別把這個奇緣想成是災難，好好享受。時候一到，要爽快道別！

再次獨立的過好日子

問

　　我們從交往到結婚在一起十二年了，育有一子，去年老公出軌了。兩個多月前，老公提了分手後，便立刻回頭找去年出軌的對象，現在和對方已認真交往，甚至偶爾在她那過夜（我們目前仍暫時同居），讓我的心糾結著……

　　一直到前天，我讀了您的新書，我才終於柔軟了下來，心放鬆了下來！您說中很多我難熬、放不開、不甘心的心情。我把自己困在牢籠裡好久好久，我們的關係，也被我混亂的心情弄得更不堪，但現在，我終於被您的文字救贖了。

　　老公依舊關心著我，也愛著孩子，該負責的責任也沒有逃避，甚至還時常告訴我，或許我們幾年之後彼此都成長了，說不定還會再重逢，或許我還是會是他想爭取回來的人。

　　只是，老師，執著的我一直不懂，已經有新戀情的他，為什麼還掏心掏肺的和我說這種話？到底他是用

什麼樣的心態談著新戀情呢？加上我一直無法接受同居的我，為什麼要眼睜睜看著他交女朋友？我執意要他先搬走，至少讓我不再感覺受傷，但他不肯也一直逃避我的訴求。

今天，他下班後沒有回來，但我已經不再瘋狂傳簡訊給他，說些冷言冷語或威脅的話，胃也不再翻攪難耐，全都是因為讀了您的新書。我很開心這樣的變化，因為我也好想振作，平靜、再次獨立的過好日子，並且保持您所謂的「溫柔」而不再猙獰。

一

回

他說的都是真的，是妳寧願玉碎。他的意思是，人生很長，愛情太短。多年後，他很可能在談過幾次戀愛後恢復單身，那時妳若也是單身，你們復合是很有可能的。

妳可不可以這麼想，就像去看四小時的歌劇，有中場休息，現在就是你們婚姻的中場休息時間。你們會像歐洲現在最流行的婚姻關係，你們在這屋裡是孩子的父母，但不是夫妻。

有沒有發現？你們原來擁有的東西沒一樣失去，而

且濃度還更高了。唯一失去的是你們仍在一起的假面具，不是嗎？不要用受害者的心情看待感情，那會讓妳只看到嫉妒、自卑與不幸。沒膽子分開，就沒機會多年後重逢。

　　不要把妳擁有的幸福給糟蹋了，不要以為外遇的人才會破壞感情，真正毀滅性的都是沒法讓自己平靜的鑽牛角尖。真正對的事，不會讓妳鑽牛角尖。

　　恢復一下單身，在這年紀，是很棒的經歷，讓妳調整一下妳的第二回合人生！

老公正和他的女友在一起……

——

問

　　現在，我的老公正在美國，和他的女友在一起。

　　我們結婚十九年，有兩個小孩。他因為消沉不得志，想完成他今生的遺憾，而聯絡了他青少年時愛慕的女生。那女生已離婚很久，目前單身，於是我老公就飛去美國找她，兩人就在一起了，這是去年九月的事。

　　他回來後，告訴我所有的事情，並說他兩邊都不想放。因為我並沒有不好、不對，但他真的很喜歡那個女人，也無法放棄她。他說，兩邊他都有責任要負，所以他會每隔幾個月去看她一次。自此之後，我非常痛苦，因為我愛他，從十九歲認識他後，我便一直跟著他，我想我是愛到沒有自我了，我從沒想過他會這樣對我。

　　最近我看了老師的書《重返單身》，對我有許多啟發。我一直懷疑他說他還愛我是真的嗎？若不愛我，怎麼還願意留在家裡？我又想也許我應該把握兩人在一起的時光，畢竟他在臺灣的日子會比在美國多得多，

而且他並沒有不顧這個家和孩子。我應該放寬心對待他的另一段戀情，就當他是去放風吧！

但為何我還是會心痛？不能平靜的面對他不在家的事實，總是胡思亂想……

一

回

會心痛，是因為妳還是想要獨占他，即使妳已答應讓他兩邊都擁有。

其實人在感情上的困擾，大都來自不肯降低期待的標準。不要以為降低對他的期待是幸福受損，是妳原先對他的完美期待，讓妳離他越來越遠，且越來越沒能力放手。為何會這樣？當他做不到妳的期待，妳又堅持不變，結果就會讓妳、讓他都很不快樂。

公道一點，現在是妳不能沒有他。既然妳也覺得他除了不忠，其他部分還讓妳滿意，開始學習愛上局部的他，就變成妳的新功課。想想愛上局部的他有什麼好處呢？就是不用管他那麼多了，至少他去美國妳不會再亂猜疑，妳對他的責任也可減少一些。比如妳可以跟他說，你們可以繼續保留婚姻的狀態，但訂個三年的年限，這三年彼此恢復單身，如果妳很不舒服的

話。

　　想要心情平復，妳就要有甘心接受的能力，沒辦法
接受的都放下或是換個方式擁有。所謂山不轉路轉，
能轉的都是智慧與魅力。放寬心讓他去放風的方法都
是自欺欺人的，除非妳認為妳給他的愛是個監獄。

　　沒有自我的愛，是依賴。找回自我，這時是個好機
會，當他還願繼續負責家計的情況下。他會兩邊負責，
是妳的幸運，剩下的責任，就是妳該找回自我了。

我的人生就這樣了嗎？

——

問

我是三十歲的職業婦女、單親媽媽。今年四月，我結束了婚姻，兩個孩子雖是共同扶養，但跟我回我娘家住。孩子的爸總三不五時找我復合，但我不想再過以前的日子，也不想再跟他過。有時候，又覺得他好像很可憐，他會獨身一人都是我害的，如果我不要吵著分開，忍下去，說不定他哪天會變好？我覺得煩躁……

另外，我是有兩個孩子的媽了，我也不敢奢望有下一位陪伴我的人，只是難免覺得悲傷，為什麼我不能有完整的家？最近偶爾會有幾個小男生與我聯絡，但我後來發現他們不只對我熱線……我想升遷，但我要自己顧小孩，根本不可能。現在的我很茫然，到底未來會是怎樣？

我的人生，就這樣了嗎？

一

回

　　妳要記得，妳單身了！妳不一定要自己帶孩子，妳可以請專業人員幫妳忙，不要以為跟孩子相處的時間越長感情越好，是有效的相處讓你們感情變好。

　　每個人的出身都不一樣，無法什麼都照眾人期待的方式進行。妳要把自己的價值撐到最大，這樣的結果才能讓家人受惠最多。在比較窘困的時期，妳可以跟孩子說清楚妳困難的處境，請他們體諒妳，並幫妳分工。孩子的功課千萬別用妳剩餘的體力來介入，這只會造成更多的衝突點，讓教育變成情緒的發洩物。孩子就交給專業的人協助，妳只要好好陪伴他們，給他們和妳輕鬆相處的成長記憶。為了孩子的考試分數天天大吼大叫，是最失敗的方式，代表沒有什麼比分數還重要。

　　至於妳的前夫，兩人分開是妳的福分。因為你們只是沒能力好好相處，不是沒有感情，妳也無須對他要求復合煩惱，就當他是一種無效的乞憐。妳要鼓勵他說，你若和我更有默契一點，也許我會好好考慮。為這樣的事生氣是很愚笨的，只會讓他的心更沒辦法平靜下來。

　　談起年輕的男人，請妳思考他們這世代對感情的態度，同時對幾個人布線不見得是亂搞，就像走進婚姻不一定會忠貞。時代總是一代比一代進步，是古板的人都覺得年輕人不走自己老路是墮落。這個世界不會只有一個人吸引妳，妳會忠貞愛一個人很可能是妳很努力就可做到，不一定跟愛有關。只是妳可以想想，上次離婚讓妳學到了什麼。先從簡單的戀愛找回信心吧。也許就從半年的設定開始，享受過半年再往下一步走。不要對一個人有感覺，就要用結婚或同居那個模式來套用。

　　愛，簡單一點。不管對孩子、對前夫、對新男友、或對自己，把妳自以為的責任拿掉，妳也許會發現每個人都獨立完好，沒要妳那麼煩惱。

如何跟他好好道別？

——

問

我不是個漂亮的女孩，又很肉，也不積極，所以就算有了曖昧的對象，我卻寧可不講破，就這樣靜靜的享受那種彼此關心對方，卻不越線的感覺。也因為對自己沒有自信，又常常覺得沒有人真正懂我，用這種自命清高的心態一直單身著。

前一陣子，因為朋友而認識了一個男孩，跟他很聊得來。每天都熱衷於跟他聊天。有一次，他問我為什麼不交男朋友，我說對自己沒自信，重複說了不下三次，但他都很冷靜，並且鼓勵我。後來，我們沒有成為男女朋友，卻一起睡覺，但什麼事都沒發生。我覺得是自己的問題，才會什麼事都沒發生。

最近，我跟那個男生講清楚，希望不要再聯絡，因為我真的太喜歡他；他卻把整件事說得好像後悔至極，讓我狠狠大哭了一整天，連上班都沒辦法專心。我認為自己的情感太過柔弱，容易愛上跟自己密切互動的男性，我覺得這很糟糕。

　　後來，我因為犯賤和其他男生發生了第一次關係，可是我還是沒辦法忘記他。我當然知道這是不對的，可是愛情不是一個願意給，另一個就一定得收下的，對不對？

　　去年，我因為人際關係不順遂，疑似過度憂鬱。那一陣子，家人的關心讓我忘記很多事，像是有沒有愛情都沒關係。但漸漸的清醒好轉之後，卻又開始這種像花痴一樣的行為，讓我覺得自己很不可取。甚至自暴自棄到有男生約我，我就出門，雖然沒有幹嘛，只是吃吃飯看看電影，但後來覺得男生就是只想發洩，我就沒有再答應了。突然覺得自己的價值難道就只是這樣？還是因為我自己太隨便，大家才會想找我發洩？

　　而那個我很在意的男生，我很想向他道歉，用力揮別他，卻不知道該怎麼收拾自己的情緒？如何跟他好好道別？

一

回

　　愛啟程了以後，妳發現想要同行的人沒有如期跟上，是會發瘋的。尤其還是妳的第一次。

　　連颱風來都有氣象預告，這次的末日災難卻沒人提醒妳，學校沒教，父母缺席，不過妳要很感恩遇到一個溫柔的他。他雖然沒有接受妳的表白，但他陪妳一起難受，這一點是妳沒有瘋掉的原因。

　　這世上漂亮的女孩不多，因為漂不漂亮是被一個標準評定的。但愛的世界裡，每個人的標準都不同，任何一種人都有她的市場，妳必須去嗅到妳的同類在哪裡。幸福的人是因為那個人遇到一個欣賞她、需要她的人，不是有肉沒肉、高的矮的、有錢沒錢，而且長得漂亮也不一定對女性有利，招惹一堆蜂蝶，浪費的何止是時間，麻木的何止是華而不實的追求。

　　因為難受而強迫自己放下是一種逃避，不如把他放在心裡，想回味就回味，把他定位成不可能相愛的韓國偶像劇男主角。但妳很幸運可以離他不那麼遠，可以跟他 LINE，可以跟他偶爾約碰面吃飯，可以跟他結成知己，可以少見面。重新定位的好處就是不用失去他，只要換一種方式擁有他。

　　也許妳很遺憾沒把第一次給他，但沒給會更有想像空間。緣分很妙，會不只一次安排跟妳想的不一樣的有緣人，妳必須因漸漸了解而調整妳和他的關係，不要先愛上了才急著了解他。了解不是必要也不須急躁，是妳的心態要有彈性比較重要，這彈性就是愛他的某部分就好。

　　另外，不是很同意妳對其他男生的看法，想在約會的後半段和妳發生關係的男生不都是混蛋，是這麼年輕的男生也跟妳一樣對愛一無所知，他們只會最直接的感受表達，他們更不知道怎麼控制身體的渴望和對妳的好感。是不是混蛋，不一定跟要不要做愛有關，妳不也是控制不了，不是嗎？

　　控制不了是你們這個年紀很純真的特色，以後妳就會懷念這時的純真。不用怕妳戒不掉對他的想念，時間會幫妳抽離，下一個妳有興趣的男生也會來救妳。最重要的是，他沒有騙妳錢、騙妳情，妳的療傷之途才能如此平靜並且慢慢來。如此幸運，真的很幸運了！

這樣的我很像笨蛋……

——

問

　　我與交往兩年半的男友分手六個禮拜了。我一直以為會分開，是因為他受不了我的脾氣，因為我又吵架而衝動提分手。隔天，我表示想和他談談，可是他說要加班，改天談。沒想到，卻被我發現他要和女生去看電影。

　　六個禮拜來，我一直想挽回，他卻總是說順其自然。分手兩個禮拜後，他從原本對我冷淡到願意跟我吃飯，我牽他手也不拒絕，也同意坐機車後座時可以抱他；有次還約我和他媽媽一起去逛 Costco；他生病時，我主動帶他去看醫生；受傷也買藥給他；切水果給他吃……

　　可是，他一直和那個一起去看電影的女生有熱絡的互動，一直聊 LINE，甚至也會單獨出去。我問他，是不是和那女生交往？他回答，沒有。又問他，是不是愛上那女生？他回答，沒有，只是朋友。

　　前幾天，我偷看他的手機，發現他們已經互稱男女

朋友了。而且他還一直對那女生說，想她、愛她、要讓她幸福、還說他是她的，還叫她北鼻⋯⋯

跟我在一起時，他從沒這麼說；他對她做的，都是不曾對我做的。而且在我們分手不到一個禮拜時，他們就在一起了⋯⋯明明他被第一任女友劈腿，為什麼還對我做這種事？

交往時，他曾精神出軌，和女生一直聊天，也出去約會，沒想到這次又這樣。

難怪我提分手時，他答應得這麼乾脆。我竟然還想挽回他？不知道是愛還是不甘心，但是我不想他們過得好！覺得這樣的我很像笨蛋⋯⋯

一

回

一開始他和妳分手的理由，妳原本以為是妳的脾氣不好等等，但後來發現他是有喜歡的女生了。也許真相是，這兩樣都是真的！

感情的事很難說是什麼因素造成的。因為愛情的成立和消失，都只須一秒鐘就能完成，妳現在的痛苦指數是因為妳深深認為是他騙了妳，執意在這個點的下場就是不甘心、不離開、不開心。

他不是騙了妳，是妳騙了妳自己；妳騙自己他在騙妳。妳明知道他們是在他和妳分手後才在一起，之前只是曖昧或有可能往男女朋友發展。妳的男朋友沒有那麼迷人，不是他想要誰隨時都能要到，也有可能跟妳分手後那個女生也不要他。

相處哪裡是說要天長地久就能至死不渝，分手的態度就是要慷慨，沒有這個基礎你們勉強繼續在一起也不會好，因為妳這種小器的態度會讓你們往後的相處不斷出現毛球。

也許妳問分手不就不會再聯絡了嗎？是的，是有可能不再聯絡。但這慷慨會讓人永難忘懷，會讓你們有機會變成下一個鋒菲戀。會走到分手，是在妳分手前的好一陣子就出問題了，不會一遇到問題就分手的。你們總會忍、總會逃避，總會一個不放手一個不敢說。是當初熱戀時說要永遠在一起的空話，讓你們不好意思承認愛已冷掉。是的，大家都尷尬了，都在勉強做一對情人。

祝福他吧！用閃電般的速度跟他說，他一定會愣住，然後緊緊的抱住他說，再見了，好好去追你的愛。

笑著離開，什麼都不要說了。他，就會永遠記住妳了；妳，擁有了這一刻的瀟灑浪漫的自己，該像天后般的轉身而去！

再次點燃婚姻的火花？

———

問

　　讀過您的《不寂寞，也不愛情》，我想我老公應該也是這樣的吧？他想要自由，不想要被孩子家庭老婆綑綁。他說，可以等我可以邊工作、邊養小孩時，再來談離婚。

　　我們在一起四年多了，孩子九個月大。每次想跟他好好溝通，他總說我太主觀，說了也白說。我是敗給了時間讓我們太熟悉彼此嗎？

　　我不奢求他再愛上我，我也不敢去想他是否愛上別人，只希望各自獨處後再相處的那個小時光，是溫馨幸福的。我在單親家庭長大，不希望這個遺憾、沒有愛的童年，留給我們的孩子。

　　究竟怎麼樣才能點燃婚姻的火花，繼續維繫著呢？

一

回

　　他想要自由，想離婚，想不受約束和別人談戀愛，而且想在不撕破臉的情況下離婚。也許是因為妳、因為孩子，想保留那份心底的溫馨。這快滿出來的壓力，是很多夫妻的心聲，只是有人為了孩子吞忍下來。

　　如果妳的希望如妳所講，是想保有全家相聚的溫馨感，其實離了反而易達到目的。少了一直討論離婚議題的煩噪，當他離家後，午夜夢回想起妳和孩子，很少男人不感到虧欠的。

　　不是你們的感情變了，是零距離的關係讓你們缺氧。只是離婚前要討論好現實的問題，得到實質的東西和舒適的距離，你們的感覺不會比現在差，甚至會讓他懷念你們在一起的美好時光，但這必須在沒大吵過的前提下。

　　結婚這門課教了妳現實是什麼；離婚那門課教了妳告別是什麼。如果他狠心設局騙了妳離婚，更證實這人該離不是嗎？

　　不要期望愛該是什麼樣子，放下成見，才能看到更多可能。

我想和他分開

—

問

　　先生在女兒一歲時去大陸工作。起初他還有給一點
生活費，慢慢的，不但沒拿錢回來，還要求我貸款給
他用。因為對他還有一點期待，所以總是答應他的要
求，就這樣過了十幾年。我漸漸清醒了，為了養女兒，
我沒辦法再給他錢了，他也從此失聯。目前女兒已經
快要二十歲了，我想和他分開，該用什麼方法，不要
起衝突和平的離婚？

—

回

　　妳的信輕描淡寫的寫著妳的過往，好像沒寫什麼，
但確實有什麼。

　　妳用妳的能力獨立撫養女兒長大，這中間還有很長
一段時間妳奧援了妳先生，這些通過考驗的成長，值
得榮耀，但也把妳和妳先生的距離拉大了。他是越來

越跟不上妳的腳步了。妳的人生跟他太不一樣，他好高又逃避，妳養孩子靠的是踏實的步伐。

不怨他，相信妳是不會怨他的。他是經濟能力出了問題，以至於有家歸不得。不管是什麼原因流浪，妳只要平靜的寫封信跟他說，他應該不會為難妳。從妳不給他錢他也就不再聯絡的個性來看，他不是死纏爛打型的。

信可以這樣寫：

我想要離婚，我想要放下婚姻這個重擔，希望你能成全我。純粹是壓力的問題，純粹是想過全新和輕鬆的生活，你也應該這樣想，我們一起改變吧。而且我們永遠是孩子的爸爸媽媽。

婆婆從中作梗……

——

問

我先生在大陸工作，原本我們帶著老大一起在大陸生活了六年，直到我懷老二，回臺待產，老大也正好要上小一了，他要求我們回臺灣，讓小孩在臺灣接受教育。從此，我就回不去大陸了。

現在，娘家在高雄，婆家在臺中，公公在我先生小時候就在外地工作，在外有小三，但公婆並未離婚，一年見兩次面；我先生和他姐姐都在國外。先生要我孝順、照顧婆婆，但婆婆是個雙面人，會打電話到我娘家，對我父母罵我沒品；七年來，婆婆一直對我先生抱怨我，一開始先生會幫我說話，但婆婆不放棄攻擊我，導致現在先生三不五時咒罵我，連錢都非常計較。

前些日子，我忍不住帶著兩個孩子搬出來住，這讓婆家非常不滿，又到處說我壞話。先生護婆婆，要和我談離婚，因孩子事談不攏，他在大陸就擺爛，事情就這樣拖著。

　　大家都勸我，孩子就給他，自己還能好好生活。但我放不下孩子，雖然我沒經濟能力，但娘家願意支持。現在，快放暑假了，我有兩個想法，想和先生說。

　　1. 如果他不回臺，我要帶孩子回高雄就學，因為我在中部完全無援，如果有事，沒人可幫我。但孩子必須轉戶籍，婆婆不能常看小孩，婆家一定不肯，到時候可能走法律途徑，兩個小孩也有可能被分開。

　　2. 維持現狀。起碼兩個孩子是和我在一起，孩子生活費由我先支付，再向先生請款，等他高興再付給我。

　　現在，我非常厭惡婆婆，因為一切都是她造成的。朋友卻說，最有問題的是我先生。他說離婚，兩個小孩他都要，但他根本沒能力照顧，我也放不下孩子。好困擾，再拖下去，也不是方法。

一

回

　　打仗的時候，妳要獲勝，妳不能時時刻刻有很多牽掛，妳必須清楚如果妳只能選一樣奮鬥，妳會堅持哪一樣？是孩子？還是離婚？還是救妳自己？而且妳必須清楚自己實際的定位。

　　妳現在可是傷痕累累，既無能力獨立，也無獨力撫

養孩子的能力，而妳老公則是個遇事就會亂搞的幼稚媽寶，連在報復妳的同時也不管是否傷到孩子，這樣的程度，妳還要跟他爭或受他威脅，那妳就是跟他程度一樣差的人。所以，妳要告訴自己妳沒能力照料小孩，也沒能力跟妳的老公爭吵，這樣只會讓他更進一步拿孩子來恐嚇妳。妳就跟他說妳病了，妳沒能力照顧孩子了，妳可以無條件離婚。

對付媽寶的妙方就是讓他以為他獲勝了。這個沒腦袋的男人習慣表面的勝利，因為那是他媽媽給他的安全感，一哭就給糖。當他沒有反抗妳的理由，他才有機會去面對他沒辦法照顧孩子的現實。當妳有時間喘口氣站起來，當他沒力氣去照顧孩子時，妳才有機會逆轉勝，這策略妳必須忍住。

不用一年，他就會乖乖跟妳談條件，因為媽寶終究是個吃不了苦的孩子，是妳的不忍心養大了他的驕縱，是妳的恐懼製造了妳的危機。當妳的恐懼變小，當他的壓力變大，妳的孩子才有被保護的可能。不然兩個大人都那麼幼稚和濫情，還談什麼未來。記得，怕的事情就放下，是無懼才有未來。

先保護好自己，孩子的爸爸會因妳的離去，終於有機會面對獨立。這一次，你們家每個人都有重要的課題，不用替誰擔心，能在年輕時一起改變是好事。

失敗的婚姻，無辜的孩子

———

問

認識先生半年就閃婚＋懷孕，婚前已感受到先生愛乾淨＋強迫他人的行為，我天真以為可以慢慢磨合……婚後日子一天天不平靜，只要不順他意，他會抓狂怒吼，口出惡言。例如回到家要求馬上洗手；穿髒衣服不能進入房間，要先在更衣間換下來；手摸郵件會被指責；睡衣不能穿出房門外，出房門必須更換一套；在公共場所坐椅子前要檢查仔細才能坐下；身旁有人擦身而過，就會一直問有什麼被碰到……太多太多的規定讓我身心俱疲。每次因為不配合他的要求，他就提離婚、趕我出家門，甚至要跟我上法院爭小孩監護權。

我們交往結婚至今一年半，牽手次數不超過十次，夫妻閨房次數不超過十次。初次當母親、太太、媳婦，讓我對自己越來越失去信心。他總是嫌我衛生習慣差、嫌我腳底不嫩、嫌我有口臭、嫌我生產前後身材差距大，種種的指責與嫌棄……我決定放下一切，決定分

居，想找回曾經快樂有自信的自己。

　　但見不到孩子的我心好苦、好愧疚。不快樂的媽媽，沒自信的媽媽，能帶給孩子什麼？我害怕看見孩子，越見他越想他，但要我再回去勉強的婚姻，我做不來。每天只能用工作來麻痺自己，不斷跟自己信心喊話，但夜深人靜時，又會掉入無底黑洞。我覺得自己的婚姻好失敗，無辜的孩子是我的痛……

一

回

　　面對強迫症和潔癖的另一半真的是災難，因為光是妳不符合他的標準，不僅妳很難受，他也不見得好過，能分開是你們倆的幸運。當然妳在這段婚姻裡忍耐越深，妳受到的負面影響也會更大，會讓妳喪失自信，會扭曲妳對人的信任。他的暴力其實很殘忍又違法，但在婚姻裡某些圍牆會讓這些行為被合法掩護。

　　這過程還有更難承受的孩子問題。怎麼把孩子交給這樣病態的前夫呢？但不交給他，孩子會更糟糕，看著爸爸把媽媽精神虐待致瘋致死。妳可以當個貴客，和孩子保持輕鬆、尊重的態度，光這兩點就可以把前夫比下去，讓孩子知道外面的世界有健康的標準。

　　重返單身後，妳要先卸下前段婚姻的陰影，妳就必須讓接下來的人生符合妳的期待，不要想改變任何人，不要為了愛累死自己，不要不重視尊重，不要放棄自在。妳越好，孩子才能受妳正面影響，並在每次和孩子見面時，提醒孩子，媽媽在學習獨立。妳會跟他分享獨立的收穫，妳逆轉勝成功了。願意改變的人是老天特別恩寵！

來不及長大的孩子

問

　　我的孩子，在二月十一日車禍離開我們了！我已經忘了自己幾天沒吃飯了。滿滿的思念，我無法接受這個殘忍的事實。我害怕他那麼小，會怕黑，我好想陪他一起，在另一個世界照顧他。他還沒滿一歲，還來不及長大，我要怎麼辦？我以後的日子還走得下去嗎？

回

　　緣分長，有緣分長的考驗；緣分短，有緣分短的輝煌。每個人來到這個世間都有他命定的行程，不要用悲慘來註解。

　　不捨，是一定很強烈的，但不要往負面去強烈，別讓妳的孩子的逝去變成了負面的能量，妳要為妳的孩子正面一點。妳可以到他的房間，告訴他，他來人間

的旅行結束了，很謝謝他讓妳體會了十月懷胎的滿足和一年多擔任母親的喜悅。

　　妳當然很不捨，但妳會讓這個不捨變成妳在這一生最純潔的記憶。請他跟著光亮走，妳也會跟著感謝行，只有你們都好了，你們以後才有機會相聚。

　　來不及長大的孩子都有一種幸運，免除成人世界的殘酷考驗，也保存了靈魂的純潔，這是他留給妳的印象，是禮物，別拿來喪志。不然，他的出現就白費了。

　　有緣，就夠珍貴了，不要用凡夫的貪念來想妳和孩子的緣分。這麼美好，該一直感謝，別花時間去感傷啊！

https://goo.gl/cPzLar

許常德作品集 008

旅行之書

作　　　者 ── 許常德
主　　　編 ── 陳信宏
責 任 編 輯 ── 李玉霜
內 文 整 理 ── 周仁杰
責 任 企 畫 ── 曾俊凱
美 術 設 計 ── FE 設計 葉馥儀
董 事 長
總 經 理 ── 趙政岷
總 編 輯 ── 李采洪
出 版 者 ── 時報文化出版企業股份有限公司
　　　　　　 10803　臺北市和平西路 3 段 240 號 3 樓
　　　　　　 發 行 專 線 ──（02）2306-6842
　　　　　　 讀者服務專線 ──（0800）231705・（02）2304-7103
　　　　　　 讀者服務傳真 ──（02）2304-6858
　　　　　　 郵撥 ── 19344724　時報文化出版公司
　　　　　　 信箱 ── 臺北郵政 79~99 信箱
時 報 悅 讀 網 ── http://www.readingtimes.com.tw
電 子 郵 件 信 箱 ── newlife@readingtimes.com.tw
時報出版愛讀者粉絲團 ── http://www.facebook.com/readingtimes.2
法 律 顧 問 ── 理律法律事務所 陳長文律師、李念祖律師
印　　　刷 ── 盈昌印刷有限公司
初 版 一 刷 ── 2017 年 4 月 21 日
定　　　價 ── 新台幣 300 元

（缺頁或破損的書，請寄回更換）

時報文化出版公司成立於一九七五年。
一九九九年股票上櫃公開發行；二〇〇八年脫離中時集團非屬旺中，
以「尊重智慧與創意的文化事業」為信念。

國家圖書館出版品預行編目資料

旅行之書 / 許常德著 . -- 初版 . -- 臺北市：
時報文化 , 2017.04
　　面；　公分 . -- (許常德作品集；8)

ISBN 978-957-13-6978-5(平裝)

855　　　　　　　　　106004729

ISBN　978-957-13-6978-5
Printed in Taiwan